JUSTE

FSC
www.fsc.org
MIXTE
Papier issu
de sources
responsables
Paper from
responsible sources
FSC® C105338

Chantal Cadoret

JUSTE

Roman

Inspiré de faits réels

© 2025 – Chantal Cadoret
Édition : BoD · Books on Demand,
31 avenue Saint-Rémy, 57600 Forbach,
bod@bod.fr
Impression : Libri Plureos GmbH,
Friedensallee 273, 22763 Hamburg (Allemagne)
ISBN : 978-2-8106-0173-8
Dépôt légal : Mars 2025

*Pour Cervanne, Pamela et Romain
Pour qu'Hugo et Diego gardent toujours foi en
l'humanité.*

INTRODUCTION

Germaine Chesneau est une femme de l'ombre. Une héroïne ordinaire que tant de gens persécutés auraient aimé trouver sur leur chemin de croix, pendant la Seconde Guerre mondiale.

Elle vivait dans la Drôme, dans le château de Peyrins, aujourd'hui transformé par sa petite-fille, en chambres d'hôtes, et en résidence pour artistes.

Veuve très tôt, et mère de trois filles, elle a consacré son existence aux enfants en difficulté.

Dès le début de la guerre, elle s'est opposée au sort réservé aux juifs, en mettant sa demeure à la disposition de ceux qui fuyaient la zone occupée.

En 1942, les nazis planifient la solution finale. En août, après la rafle du Vel d'Hiv à Paris, le gouvernement de Vichy, devançant les demandes des Allemands, procède à une rafle dans la région lyonnaise, en zone libre. Les services du préfet

Angeli avaient listé plus de dix mille juifs étrangers, mais, grâce à l'aide et la bienveillance des habitants, ils n'en prirent « que » mille seize, qui furent internés au camp militaire de Vénissieux.

Grâce à un puissant réseau de résistants, quelques associations d'aide aux enfants, laïques, chrétiennes, protestantes et juives, obtinrent la permission d'entrer dans le camp, et réussirent à organiser une véritable évasion collective, avant que la police n'ait le temps de réagir. S'appuyant sur des circulaires obsolètes, et des alinéas oubliés, Gilbert Lesage, chef du service social des étrangers à Vichy, et néanmoins résistant, put ainsi exfiltrer, avec la complicité d'une équipe de bénévoles, de médecins, et de deux prêtres, les pères Chaillet et Glasberg, quatre cent soixante et onze personnes, dont cent huit enfants mineurs, qui avaient été arrêtés avec leurs parents.

Immédiatement après le départ des enfants, les policiers, s'apercevant enfin de la supercherie, se mirent activement à leur recherche. Ils en reprirent trois, aussitôt déportés, puis gazés à Auschwitz.

Les cinq cent quarante-cinq personnes restées dans le camp furent transférées à Drancy, puis à Auschwitz. Quatre cent soixante-seize, par le convoi 27 le 2 septembre 1942, et cinquante-huit, par le convoi 30, sept jours plus tard. Seulement trente en sont revenues.

L'histoire des internés du camp de Vénissieux est unique dans l'Histoire de la déportation. Méconnue du grand public, elle a été mise en lumière, pour la première fois, en 2016, par Valérie Perthuis-Portheret, qui en a fait le sujet de sa thèse de doctorat, puis d'un livre, intitulé « Vous n'aurez pas les enfants ».

Parmi les exfiltrés de ce camp, treize enfants, de 6 à 17 ans, croisèrent la route de Germaine Chesneau qui les cacha au château de Peyrins, déjà bien rempli.

Horrifiée par cette traque indigne menée par les autorités françaises, elle leur ouvrit sa porte, et les protégea, sans se soucier des conséquences, jusqu'à la Libération.

Après la guerre, Germaine reprit son activité de home d'enfants, dans l'indifférence absolue.

Ce n'est qu'en 1969 que le dossier, monté par ceux qu'elle a sauvés, aboutit à sa nomination comme *Juste parmi les Nations*.

Malgré cette reconnaissance, elle ne s'est jamais considérée comme une héroïne, répétant à qui voulait l'entendre qu'elle n'avait rien fait d'extraordinaire.

Elle décède en 1983, à l'âge de 89 ans.

Il existe très peu d'écrits sur cette femme hors du commun. À peine quelques essais locaux et presque confidentiels.

Je ne suis pas historienne, et je ne prétends pas, non plus, rédiger sa biographie.

Mais, il y a quelques années, je suis tombée, presque par hasard, sur son histoire, et celle des 139 personnes qu'elle a sauvées de la barbarie nazie.

Je me suis alors plongée dans les archives du Mémorial Yad Vachem de Jérusalem. Je me suis noyée dans leurs petites anecdotes, j'ai pleuré, et j'ai ri avec eux.

Et forcément, j'ai eu envie d'en faire des héros de roman, avec ma plume, avec mes mots et surtout avec mon cœur.

L'exemple de cette femme de l'ombre est une lumière au bout d'un tunnel.

Parce qu'elle, et tant d'autres comme elle, ont su se dresser contre l'inacceptable, malgré les lois, les menaces, les dangers.

Juste par humanité.

Quatre-vingts ans après la fin de la guerre, ce sont ces *Justes parmi les Nations* que je veux mettre à l'honneur.

Parce que je veux croire en l'espoir.

Pour moi.

Pour mes fils.

Pour mon petit-fils.

Chantal Cadoret

Le 24 août 1942, le préfet régional Angeli reçoit un avertissement de la Résistance.
(Lettre collectée par Serge Klarsfeld en 2019)

« Monsieur le Préfet,
Veuillez voir dans cette lettre l'expression de la pensée d'un nombre considérable de Lyonnais qui n'entendent point laisser impunément ce qu'on prépare.
Nous savons que sur l'injonction des Allemands, Vichy vous a donné ordre de procéder le mercredi 26 à partir de 4h du matin à une rafle monstre de malheureux réfugiés juifs étrangers, qui sont destinés à être déportés en Allemagne. Nous savons que cet acte révoltant dont le gouvernement lui-même a honte, vous a été donné par téléphone et confirmé par télégramme. Nous savons que la police de Lyon, qui n'est pas nazie mais française, répugne à livrer aux bourreaux du Reich de nouvelles victimes. Nous savons que vous en êtes réduits à vous occuper vous-même de l'établissement des listes de traqués.
Tout Lyon est déjà prévenu du déshonneur que l'on veut infliger aux fonctionnaires et aux policiers en les

forçant à livrer aux Allemands des innocents dont beaucoup sont engagés volontaires, légionnaires, mutilés. Tout Lyon s'indigne à la pensée que vous vous jugez contraint d'appliquer d'ignobles consignes dictées par l'occupant et qui, par exemple, font séparer sans espoir de retour, des enfants de leurs mères.

Monsieur le préfet, nous vous plaçons devant vos responsabilités de Français et d'homme. Vous n'avez pas le droit d'aller contre le sentiment profond et unanime de toute la ville, contre le dégout manifesté par tous vos collaborateurs et par la police. Vous n'avez pas le droit de prêter votre concours, de donner force de loi aux meutes de gangsters que les Allemands veulent introduire à Lyon. On vous en demandera compte et croyez bien qu'il ne s'agit pas là de menaces, mais d'une simple prévision d'avenir.

Monsieur le préfet, vous n'avez point juré fidélité à l'Allemagne : votre serment de fonctionnaire ne vous force pas à trahir tout ce que les Français respectent : l'honneur, le droit d'asile, la pitié pour les failles et les innocents, la générosité, la solidarité envers les étrangers qui furent des frères d'armes. Pas un Français, pas un chrétien ne pardonnera à ceux qui auront été les exécutants apeurés ou complices de la barbarie allemande.

Monsieur le préfet nous comptons encore sur un sursaut de votre part. L'opinion alertée par nous, veille. Nous espérons encore que la prochaine nuit de

Lyon ne retentira pas, par votre faute des cris, des sanglots, des appels des malheureux qu'on vous invite à livrer comme du bétail. Nous espérons qu'un préfet français ne se fera pas pourvoyeur des bagnes hitlériens.

Mercredi, Lyon saura si Monsieur le Préfet Angeli est Français ou serviteur des boches. »

Le 30 août, le préfet Angeli réclame le retour des enfants exfiltrés du camp de Vénissieux. Le Cardinal Gerlier lui oppose un refus catégorique :

« Eh bien, monsieur le Préfet, si vous voulez monter à l'archevêché, montez, mais les enfants, vous ne les aurez pas ! »

Parallèlement, les mouvements de résistance lancent un appel à la population pour protéger les enfants :

Vous n'aurez pas les enfants !

Sur l'ordre des Allemands, le préfet Angeli exige qu'on lui livre 160 enfants juifs de deux à seize ans.

Ces enfants ont été confiés au Cardinal Gerlier par leurs parents que Vichy a déjà livrés à Hitler.

Le cardinal a déclaré au Préfet :

« Vous n'aurez pas les enfants. »

Le conflit est ouvert, le conflit est public.

L'Eglise de France se dresse contre l'ignoble Tartarin raciste.

Français de toutes opinions, de toutes croyances, écoutez l'appel de vos consciences, ne laissez pas livrer des innocents aux bourreaux.

LES MOUVEMENTS DE RESISTANCE.

Il fait un froid glacial, ce lundi 22 décembre 1969, au château de Peyrins. Cette austère bâtisse du XVIIe siècle, qui avait jadis appartenu à Soffrey de Calignon, chancelier du roi Henri IV, aurait bien besoin de quelques travaux, mais Germaine Chesneau, l'actuelle propriétaire, n'a pas les moyens de les entreprendre.

Dès son installation en 1935, avec Marcel, son mari, qui décède quatre ans plus tard, elle transforme le château en institution pour enfants « faibles et fatigués ».

Aujourd'hui, malgré ses soixante-quinze ans et une invalidité partielle de sa jambe droite, cette femme aux cheveux gris plaqués en chignon, grande et solidement charpentée, continue à accueillir des enfants, mais cette fois, en difficultés psychiques et physiques.

En ce début de vacances scolaires, tous les résidents ont rejoint leurs familles. Seule la partie administrative située dans l'aile gauche du château est encore éclairée.

Une grosse écharpe en laine autour du cou, un bonnet sur la tête et les lunettes sur le bout de son nez, Franck, le directeur des études, a du mal à se concentrer sur les plannings qu'il veut finaliser avant de rentrer chez lui. À cause des éclats de voix de Germaine, dans le bureau mitoyen, aux prises avec une employée des services d'EDF.

— Allo, vous m'entendez ? Est-ce qu'enfin, je vais pouvoir parler à quelqu'un de compétent ?

— ...

— Oui, madame, je m'énerve. Mais je crois que c'est légitime ! Je vous ai adressé un courrier il y a une quinzaine de jours, pour vous alerter de la situation, et rien ne bouge, alors, oui, comprenez que je sois agacée.

— ...

— Comment ça, quel courrier ? demande-t-elle en haussant le ton. Vous vous moquez de moi ? Nous crevons de froid ici. J'ai en permanence trente-six enfants et quatorze adultes sous mon toit, et à plusieurs reprises, la température est descendue jusqu'en dessous de 10 degrés. Je vous ai écrit tout cela, mais rien ne bouge.

— ...

— Ah... vous venez de retrouver ma lettre ? C'est bien, on avance, réplique-t-elle cinglante. Et donc, vous comptez intervenir pour réparer vos fichus disjoncteurs ou vous attendez que nous mourions tous de froid ?

— ...

— Je ne dramatise pas. Vous êtes sûrement bien au chaud chez vous, mais venez donc faire un tour ici, et vous verrez combien de temps vous pouvez supporter cette température. Sans compter que je suis obligée de me lever jusqu'à cinq fois par nuit, et de courir dans le froid, pour remettre en marche ces fichus disjoncteurs ! Si j'avais été un homme, tout serait rentré en ordre depuis longtemps, mais je suis une femme seule, et vous en profitez. Vous devriez avoir honte.

— ...

— Je sais que vous n'y êtes pour rien, ajoute-telle, d'un ton plus aimable, mais vous êtes ma seule interlocutrice. Si les lettres ne servent à rien, il faut bien que je m'en prenne à quelqu'un ! C'est une question de vie ou de mort.

— ...

— Vendredi ? Pas avant ? Et vous me promettez de faire le nécessaire pour régler définitivement le problème ?

— ...

— Alors, croisons les doigts pour que nous ne passions pas Noël sous moins dix degrés ! Pardonnez-moi de m'être énervée contre vous, je sais que ce n'est pas votre faute... Je vous souhaite un joyeux Noël, conclut-elle, radoucie.

Franck hoche la tête en souriant. Cette altercation ressemble tellement à sa patronne, toujours prête à se battre contre des moulins à vent. Le plus extraordinaire étant qu'elle finit toujours par avoir gain de cause ! Le silence revenu, il reprend ses fiches de couleurs. Il ne restait plus que l'éducation musicale à placer, et il lui trouve enfin le bon créneau. Une dernière vérification sur le tableau. Il est satisfait. Tous les cours sont casés, et l'ensemble parait, à première vue, cohérent. Construire un emploi du temps, c'est un peu comme faire un puzzle. Il est rodé à cet exercice, mais il faut parfois « laisser poser » pour y voir plus clair. Il reprendra cela, un peu plus tard, à tête reposée. Il range ses affaires, saisit sa mallette en cuir et se dirige vers le bureau de Germaine.

—   Je vous ai entendu crier. Vous n'y êtes pas allée de main morte. Cette femme vient de passer un sale quart d'heure.

—   La pauvre, elle n'y est pour rien, mais à un moment, il faut bien réagir, répond Germaine, encore énervée. J'avais écrit poliment, mais eux, ils avaient archivé ma lettre sans la lire. Alors, aujourd'hui, ils m'ont entendue, et vous voyez, ça marche, puisqu'ils viennent réparer vendredi.

—   Les faire déplacer en pleine trêve de Noël, c'est vraiment une prouesse ! Mais je dois bien avouer que je ne suis pas étonné. Et je constate qu'ils capitulent de plus en plus vite devant vous, réplique-t-il en riant de bon cœur.

—   En attendant, il n'y a plus qu'à croiser les doigts pour que les disjoncteurs tiennent. Au moins pour le déjeuner de Noël. Heureusement, il nous reste la cheminée ! Mais je vous retiens avec mes histoires. Vous devriez être parti depuis longtemps, vous êtes en vacances, voyons ! Allez, filez d'ici, et ne repointez plus le bout de votre nez, avant la rentrée.

—   Eh bien, vous allez devoir me supporter encore un peu. Je dois terminer mes plannings. Il ne manque que quelques vérifications, et tout sera parfait. Je reviendrai vendredi, comme ça, je peux vous seconder avec EDF, répond-il d'un ton sans appel.

—   Je peux les gérer seule, ne vous en faites pas pour moi.

—   Je n'en doute pas. Je veux être là, au cas où vous auriez besoin de moi.

—   J'ai l'impression que vous ne changerez pas d'avis, quoi que je dise. Vous devenez aussi pugnace que moi, mon cher Franck. Je m'incline donc, d'autant que les ouvriers n'aiment pas m'avoir sur leur dos, pendant qu'ils travaillent. Parce que je suis une femme, évidemment, conclut-elle avec une grimace de dépit.

— Je suis à bonne école avec vous, mais je vous promets qu'après, vous ne me reverrez plus jusqu'à la fin des vacances. Les filles viennent pour Noël, je suppose ? demande-t-il en s'apprêtant à partir.

— Oui, jeudi, pour le déjeuner, comme d'habitude. Et c'est largement suffisant. C'est toujours la cavalcade avec les gosses. Je dois vieillir, car j'ai de plus en plus de mal à les supporter. En dehors du travail, bien sûr. Et vous, vous êtes aussi en famille ?

Franck ouvre la bouche pour répondre, quand la sonnerie stridente du téléphone retentit. Germaine décroche excédée, croyant à un rappel d'EDF.

— Ne me dites pas que vous ne pouvez pas venir vendredi !

— …

— Oh, pardon… je croyais que c'était EDF ! Oui, c'est moi. À qui ai-je l'honneur ?

— …

— Mais pourquoi ?

— …

—   Oui, si vous voulez. Vendredi... d'accord, dit-elle avant de poser le combiné sur son socle.

—   Il y a un problème ? demande Franck.

—   Euh... non... enfin, je n'en sais rien, à vrai dire. C'était un homme des Renseignements Généraux.

—   Des Renseignements Généraux ? Rien que ça ! Et vous savez pourquoi il veut vous voir ?

—   Pas vraiment. Il a dit que ça avait un rapport avec les personnes que j'ai hébergées ici pendant la guerre.

—   Il parait que vous avez été une sacrée résistante ! Vous n'en parlez jamais. Pourquoi ?

—   Résistante, moi ? Pas du tout. Qui vous a raconté ces sornettes ? demande Germaine en réprimant un sourire.

—   Vos filles, tout simplement. Elles vous admirent beaucoup.

—   Elles exagèrent. Ne vous faites pas d'illusions, je n'ai rien fait d'extraordinaire. C'était la guerre, nous étions à l'abri ici, et ce qui se passait dehors me semblait si... révoltant.

Elle reste un moment les yeux dans le vide, puis, comme si elle se parlait à elle-même, elle dit :

—   Tout ça est si vieux. Je me demande ce qu'ils me veulent après tant d'années.

—   Il vient vendredi, c'est ça ?

—   Oui, et pour le coup, vous allez devoir vous débrouiller seul avec les ouvriers d'EDF.

—   Vous pouvez compter sur moi. Allez, j'y vais. Joyeux Noël à vous, lui lance-t-il en reprenant sa mallette.

—   Merci Franck. Joyeux Noël également, répond-elle distraitement, en remettant le nez dans ses factures.

Le vendredi 26 décembre, Germaine se réveille, éreintée, après une nuit passée à remettre en route ses fichus disjoncteurs. La veille, les enfants avaient été fidèles à eux-mêmes. À défaut de pouvoir sortir, ils avaient couru dans tout le château. Comme toujours, ils s'étaient transformés en explorateurs, découvrant des recoins encore secrets, et laissant, par la même occasion, quelques moments de répit aux adultes.

Pour ne pas perturber le déjeuner de Noël, elle avait préféré taire le rendez-vous du lendemain. Mais, au fil des heures, elle sentait monter son inquiétude. Que lui voulait-on encore, plus de vingt ans après la guerre ?

Comme prévu, les ouvriers d'EDF arrivent à huit heures. Une heure plus tard, Franck prend le relais, lui permettant de se retirer dans son bureau, toujours aussi glacial, en attendant la visite des Renseignements Généraux.

À dix heures précises, une voiture noire s'arrête sur le perron. Germaine sort par la grande porte sculptée pour accueillir l'homme qui en descend. Après les présentations d'usage, elle le précède jusqu'à la salle à manger.

— Pardonnez-moi de vous recevoir ici et non dans mon bureau, mais nous avons des problèmes de chauffage, et nous serons mieux près de la cheminée.

Elle lui indique un fauteuil, et s'installe dans un autre, en face de lui. Elle le regarde, silencieuse. L'homme, un peu gêné de devoir remplir sa mission dans des conditions aussi familières, se racle la gorge avant de prendre la parole :

— Madame, je suis mandaté par les autorités israéliennes et le Mémorial Yad Vashem de Jérusalem pour vous annoncer que vous êtes nommée *Juste parmi les Nations*.

— Pardon ? Comment les autorités israéliennes me connaissent-elles ? Et ça signifie quoi *Juste parmi les Nations* ? demande Germaine, un peu agacée.

— Elles vous connaissent, Madame, répond l'homme en se détendant. Grâce à tous ceux que vous avez accueillis ici, et qui ont monté un dossier pour que vous soit attribuée, de la part de l'État d'Israël, la plus haute distinction donnée à une personne non juive, en remerciement de ses actes.

— Une distinction ? Vous voulez dire une médaille ? Mais tout cela s'est passé il y a si longtemps. Et puis, je n'ai rien fait d'extraordinaire pour recevoir une médaille. Ces gens étaient pourchassés, ils étaient seuls et en danger, et moi, je vivais dans ce château avec mes filles. N'importe qui l'aurait fait.

— Non, hélas, pas n'importe qui.

Il ouvre sa mallette posée au sol et en retire un gros dossier qu'il installe un peu maladroitement sur ses genoux. Il prend un feuillet.

— Il est écrit ici que vous avez sauvé 139 personnes.

— 139, vraiment ? Je n'ai jamais fait le compte, dit-elle en haussant les épaules. Beaucoup de gens ont transité par ce château. J'ai hébergé ceux qui en avaient besoin.

Germaine est émue. Elle ne s'attendait pas à ce brusque retour du passé dans sa vie. Elle avait ouvert ses portes à des gens menacés de mort, sans jamais réfléchir au danger qu'elle courait et qu'elle faisait courir à ses propres enfants. Elle avait entendu, depuis, tant de choses abominables sur ce qui s'était déroulé dans les camps nazis. Et chaque témoignage, chaque image lui rappelaient qu'elle aurait pu en sauver davantage. Surtout les enfants... Elle baisse les yeux.

— Je crois que vous ne prenez pas du tout la mesure de ce que vous avez fait. Il fallait un sacré courage pour aider des juifs pendant la guerre. Vous étiez hors la loi.

— Une loi qui interdit de protéger les faibles et les démunis n'est pas une loi. Et puis, il s'agissait d'êtres humains... pas de « juifs », comme vous dites. Je ne suis pas la seule. Au village, nous étions tous solidaires... même si c'était en silence. Si j'ai une médaille, eux aussi doivent en avoir une, dit-elle sans se démonter.

— Mais vous êtes la seule à en avoir sauvé autant !

— Tout le monde n'a pas la chance de vivre dans un château. Avant la guerre, ici, c'était un home d'enfants. Une couverture idéale.

— En effet... Avez-vous eu des nouvelles de toutes ces personnes ? Avez-vous gardé le contact avec elles ?

— J'en revois quelques-uns, de temps en temps. Ceux qui résident en France passent parfois, avec leur famille, sur le chemin de leurs vacances. Et chaque année, à cette époque, je reçois des cartes de vœux.

Elle se lève en s'appuyant sur sa canne, et se dirige vers le buffet dont elle ouvre le premier tiroir. Elle sort un paquet de cartes. Elle les montre fièrement à l'homme en noir.

— Israël, États-Unis, Canada. Australie, aussi, dit-elle en les feuilletant. Même du bout du monde, même après tout ce temps, ils pensent un peu à moi.

— Ils ne se sont pas contentés de cela. Aujourd'hui, ils veulent vous dire à quel point ils vous sont reconnaissants de les avoir sauvés. Vous êtes leur héroïne. Et ils vous le prouvent avec cette nomination. La remise de votre médaille aura lieu à Paris, en février prochain. Ensuite, il y aura une autre cérémonie, au château, avec tous vos protégés.

— À Paris ? Mais je ne sais pas si ça va être possible ! Je ne m'absente jamais d'ici.

— Eh bien, vous allez devoir faire un effort, ou expliquer votre absence à tous vos amis et aux personnalités présentes.

Ils rient. Non, bien sûr, quelles que soient ses obligations, elle ne peut pas manquer cette cérémonie. L'homme des RG range ses documents et se lève. Sur le perron, avant de le laisser partir, elle lui demande :

— Vous avez parlé d'une cérémonie ici ?

— Tout à fait. L'ambassadeur d'Israël, en personne, viendra planter un arbre dans l'une de vos allées.

— L'ambassadeur ? Dans mon parc ? Rien que ça ! s'exclame-t-elle, hilare. Oh là là... il va devoir gérer cela avec mon jardinier, et je préfère vous prévenir qu'il n'est pas des plus conciliants. Mais pourquoi voulez-vous faire cela ?

— Pour rappeler à tout le monde que vous avez sauvé des enfants, simplement par humanité, sans vous soucier des risques que vous preniez. L'arbre, c'est la vie, la vie qui s'est enracinée ici.

— Oh, dit-elle en rougissant.

Après un temps, elle demande d'une toute petite voix :

— Alors, je vais les revoir ? Ils vont vraiment tous venir ?

— Tous ceux qui le pourront, oui. Ils viendront avec leurs familles. Aujourd'hui, ce n'est plus 139 personnes qui vous doivent la vie, mais environ 300.

Germaine est très émue. Elle sent sa gorge se nouer.

— Je n'avais jamais vu cela sous cet angle, articule-t-elle à voix basse. J'ai seulement fait ce que je croyais bien.

L'homme est ébranlé, lui aussi. Il lui serre la main un peu plus chaleureusement que ne l'autorise sa fonction. Avant de partir, il se retourne une dernière fois vers elle :

—   Je suis très honoré d'avoir été le porteur de cette bonne nouvelle, et je vous félicite encore pour tout ce que vous avez accompli. Et je vous remercie, au nom de ces enfants, de ces hommes et de ces femmes, mais surtout au nom de la France.

—   Je vous en prie. Encore une fois, je n'ai rien fait d'extraordinaire.

Germaine regarde la voiture officielle prendre la grande allée du château. Sonnée par tout ce qu'elle vient d'entendre, elle rentre dans son bureau et se dirige vers son armoire. Du doigt, elle parcourt les intitulés des nombreux registres. Puis, elle s'arrête sur un dossier, et le saisit :

—   Ah, voilà. Année 1942.

La canne dans une main, le registre dans l'autre, elle rejoint lentement son bureau. Elle défait la sangle qui entoure le dossier. Des photos jaunies tombent sous ses yeux. Des groupes d'enfants, sur le perron du château. Des enfants souriants et insouciants, qui ignoraient ce qui se passait dehors. Des enfants qui avaient mis leur vie entre ses mains, en attendant le retour de leurs parents.

Elle entend des voix d'hommes en contrebas, puis un moteur de voiture, et voit arriver Franck, frigorifié.

—   Mon pauvre ami ! Venez vous réchauffer près de la cheminée, dit-elle en essayant de se lever avec difficulté.

—   Restez assise, je vous en prie. Il fait meilleur ici que dehors. Et puis, le chauffage va revenir, maintenant que les disjoncteurs sont changés. Alors, ce type des RG, qu'est-ce qu'il vous voulait ? demande-t-il en soufflant sur ses doigts pour se réchauffer.

—   Eh bien, figurez-vous que je vais recevoir une médaille... et un arbre, dit-elle en souriant.

—   Une médaille ? Un arbre ?

—   Il parait que les gens que j'ai hébergés tiennent à ce que je sois reconnue comme *Juste parmi les Nations*. Je vais devoir aller à Paris pour recevoir ma médaille, et l'ambassadeur d'Israël va venir planter un arbre à mon nom, ici au château...

Franck la regarde, bouche bée :

—   Et vous qui disiez que vous n'étiez pas une héroïne !

—   Mais qu'est-ce que vous avez tous avec cette histoire d'héroïne ? Je n'ai rien fait d'extraordinaire, voyons, réplique-t-elle un peu trop vivement.

—   Vous semblez toute retournée. Désolé, je ne voulais pas vous contrarier.

—   C'est à moi de m'excuser, vous n'y êtes pour rien. Cette visite a ouvert une porte que je tenais bien fermée depuis la guerre.

—   Je vous en prie. Mais puisqu'elle s'est ouverte, s'il vous plait, ne la refermez pas. Pour une fois que nous sommes tranquilles, racontez-moi ce qui s'est vraiment passé ici.

— Raconter. Oh, je ne saurais même pas par où commencer, c'est si loin tout ça... Et d'ailleurs, vous n'étiez pas venu pour travailler sur vos plannings ?

— Pour être honnête avec vous, je n'arrête pas de penser à ce coup de téléphone, et j'ai vraiment envie d'en savoir un peu plus, lui dit-il avec une moue d'excuse. Mes modifs peuvent attendre. Et vous venez de piquer encore plus ma curiosité avec votre histoire de médaille et d'ambassadeur. Et d'arbre, bien sûr !

— J'ai l'impression que vous n'allez pas renoncer aussi facilement. Vous avez donc du temps à perdre ?

— Je suis en vacances, je ne vous l'apprends pas. J'ai toute la journée, répond-il en riant.

Il regarde le registre ouvert sur le bureau de Germaine. Des listes de noms, des dates, et des photos.

— Ce sont eux, les enfants que vous avez hébergés ?

Sans répondre, Germaine ferme le dossier et se lève. Franck, gêné, s'apprête à se confondre en excuses.

— Si vous voulez que je vous raconte, allons plutôt nous installer au coin du feu. Il fait encore très froid dans cette pièce, et je vous ai prévenu, on en a pour un moment.

Il se détend et la suit jusqu'à la cheminée. Elle a raison, il y fait vraiment meilleur. Il dénoue son écharpe, se débarrasse de son bonnet et de son manteau et s'assoit près d'elle.

Germaine retire du dossier une photo de groupe.

— Ceux-là ont une histoire particulière. Ils sont arrivés le 30 août 1942.

Franck s'empare d'une liste sur laquelle figurent des noms et des dates. Une parmi tant d'autres. Tellement de noms...

— Allez, ne vous faites pas prier, madame qui va avoir un arbre à son nom, racontez-moi comment tout cela est arrivé, dit-il en riant.

— Ah... Cet arbre, encore !

— Pardon, je vous taquine. Mais c'est seulement parce que je suis impressionné.

— D'accord, vous l'aurez voulu ! Comme vous le savez, mon mari et moi, nous sommes arrivés ici en 1935. Nous étions de doux rêveurs. Nous voulions créer un home d'enfants pour que les jumelles, qui avaient alors 7 ans, s'épanouissent dans un environnement idéal et sain. Nous recevions des enfants de tous les milieux sociaux. C'était important pour l'éducation que nous voulions donner aux filles. Après la mort de Marcel, j'ai continué à gérer mon institution toute seule. Avais-je le choix ?

En 1940, quand les Allemands ont envahi la France, un détachement de soldats s'est installé ici, dans l'aile gauche du château. Au milieu des enfants. Le commandant était un homme, un peu sec, d'une cinquantaine d'années, mais très poli, et très cultivé aussi. Il parlait un français presque sans accent. Nous avions convenu de règles pour ne pas effrayer les enfants. Ils sont restés quinze jours. Ensuite, nous sommes passés en zone libre, et ils sont partis.

Germaine est à l'infirmerie. Elle s'occupe de Francis, 14 ans, qui vient de s'ouvrir le genou en tombant d'un arbre. Il serre les dents quand elle passe un coton imbibé d'éther. Elle a des gestes précis. Pendant la Première Guerre, elle a fait fonction d'infirmière et a soigné des blessures autrement plus importantes que celle-ci, explique-t-elle au gamin qui, les larmes aux yeux, serre les dents pour ne pas crier.

— Désolée, bonhomme, il faut désinfecter. Ça pique un peu, mais je ne peux pas faire autrement. Tu ne t'es pas loupé ! Comment t'es-tu fait cela ?

— On construisait des cabanes dans les bois, et on jouait à cache-cache. Je me suis caché dans un arbre, et je suis tombé.

— C'est malin, ça. Pour le coup, on t'a vite repéré ! Bon, voilà, le pansement tient bien. Tu n'y touches surtout pas. On le refera demain. Et la prochaine fois, essaie de te trouver une cachette plus sûre. Tu imagines si les Allemands te cherchent ? Tu dois être plus rusé qu'eux !

— Pourquoi ils me chercheraient ? Je n'ai rien fait ! Dites, Germaine, pourquoi ils sont là, dans le château, les Allemands ?

— C'est la guerre, mon gars. Et on l'a perdue ! Alors, ils font comme chez eux. Ils s'installent où ils veulent.

— Ils n'ont pourtant pas l'air bien méchants. Tout à l'heure, quand on jouait, j'ai discuté avec Hans. Il est très gentil.

— Hans ? Qui est Hans ? demande-t-elle d'un ton brusque.

— Un des soldats. Il m'a dit qu'il étudiait le français avant la guerre, répond innocemment le garçon.

— Tu as parlé à un soldat allemand ? Dans les bois ? Qu'est-ce qu'il faisait dans les bois ?

— Je ne sais pas, moi. Ils étaient cinq, à couper du bois avec leurs outils. Ils ont voulu nous aider pour les cabanes, mais les moniteurs ont refusé, explique-t-il, au bord des larmes.

— Quoi ? Mais... ah ça alors ! Je croyais avoir été claire avec le commandant. Pas de mélange ! Il ne manquerait plus que ça. Occupation ou pas, il va voir qui commande ici. Allez, file, et à partir de maintenant, tu ne leur adresses plus la parole. Et tu passes le mot aux autres. Compris ?

Francis repart en boitant, la tête basse. Germaine est furieuse. Elle range sa trousse de secours, sort de l'infirmerie et se dirige d'un pas décidé vers la terrasse, où est assis l'officier, un livre à la main.

— Commandant, je viens d'apprendre que vos soldats ne respectent pas les conditions que nous avons fixées. Ils se promènent partout, comme chez eux, et se permettent de parler avec les enfants. Ce n'est pas du tout ce que nous avions convenu.

— Calmez-vous, *Frau* Chesneau. Est-ce un crime de se déplacer dans ce château ou même de parler aux enfants ?

— Non, mais ce n'est pas comme cela que nous avions envisagé les choses, déclare-t-elle sans se laisser intimider.

— Que VOUS aviez envisagé les choses, *Frau* Chesneau. Permettez-moi de vous rappeler que, lors de notre dernière entrevue, vous avez tourné les talons avant que je n'aie eu le temps de répondre, réplique le commandant d'une voix neutre.

— Vous n'avez pas eu le temps ou vous n'avez pas osé...

Il relève le sourcil, étonné de son arrogance, mais ne bronche pas. Le regard de Germaine se pose sur un petit tas d'outils contre le mur.

— Voici donc les fameux outils dont on m'a parlé. Ce sont les miens, n'est-ce pas ? Ceux que vos soldats ont volés.

— De bien grands mots. Nous n'avons rien volé du tout. Nous avons emprunté ces outils parce que nous en avions besoin. Et, sauf le respect que je vous dois, *Frau,* je vous rappelle que vous venez de perdre la guerre. Votre château aurait pu être réquisitionné en entier, mais j'ai consenti à vous laisser votre aile, pour ne pas perturber vos enfants. Ne dépassez pas les bornes, je vous prie. Je pourrais perdre patience, vous savez, dit-il d'un ton calme, tout en la fixant droit dans les yeux.

— Vous me menacez ? Vous ne me faites pas peur. Ici, je suis chez moi. Et chez moi, quand on a besoin de quelque chose, on demande. Est-ce que c'est cela la légendaire éducation allemande ? Alors, moi, je vais vous obliger à respecter les règles, monsieur l'occupant.

Elle se dirige vers le mur et prend un piochon. Elle évalue le terrain, relève ses manches et plante le piochon dans la terre, faisant une ligne au sol, devant le commandant, interloqué.

— Là, voilà. Je trace une ligne de démarcation. Je n'ai pas peur de vous, commandant ! Ni de vous ni de vos soldats. Vous restez de ce côté et nous, nous resterons par ici. Vous pouvez expliquer cela à vos gars ? Je compte sur vous pour qu'ils comprennent ou je peux vous garantir qu'ils iront au-devant de gros soucis.

Elle finit sa ligne, et se redresse fièrement. Puis, elle ramasse ses outils et se poste devant l'officier qu'elle toise avec assurance :

—   Et ça, ce sont mes outils. À bon entendeur, Commandant.

— Une ligne de démarcation avant l'heure ! Et il s'est plié à vos exigences ? demande Franck, médusé.

— Étrangement, oui ! Il faut croire que je l'ai impressionné, lui répond Germaine en souriant. J'ai même cru l'entendre marmonner quelque chose comme : « ça alors, à part ma femme, personne ne m'a jamais parlé ainsi ». Fort heureusement, avec la ligne de démarcation, la vraie, nous sommes passés en zone libre et eux, ils ont déguerpi.

— Mais quand même, vous leur avez tenu tête, et vous les avez fait plier. Je comprends mieux d'où vient cette réputation de dure à cuire !

— Oh, ce n'est qu'une petite anecdote, dit-elle, avec un sourire modeste. C'est vrai qu'elle a fait le tour du village, sûrement parce que j'étais une pauvre femme, seule et sans défense. Mais, tout n'a pas été aussi drôle par la suite.

— À partir de quand avez-vous hébergé des juifs ? la relance Franck après un silence.

— Très tôt. Le fait d'être en zone libre faisait du château un point de chute pour tous ceux qui étaient en danger. Il y avait des juifs, et des résistants aussi. Certains attendaient ici, avant de rejoindre le maquis, ou l'Espagne. Après 1942, tout a changé.

Son visage se ferme. Perdue dans son passé, elle ressent de nouveau cette terreur qui lui noue le cœur, et qui l'empêche de dormir, tant d'années après la guerre. Les yeux braqués sur le feu, elle se remet à parler d'une voix rauque.

— Les gens qui fuyaient la zone occupée ne parlaient pas beaucoup. Comme s'ils avaient honte. Mais les résistants, eux, nous racontaient ce qui se passait. Les arrestations, les dénonciations. Et puis il y a eu les rafles. Ces femmes, ces hommes, et tous ces enfants.

Elle tourne un visage tendu vers Franck, comme si elle venait de découvrir sa présence. Depuis toutes ces années à son service, il s'était habitué à son air sévère, mais il ne l'avait jamais vue aussi affectée.

Comme si sa carapace était en train de se fissurer, laissant jaillir un magma de souffrance.

Dès le début de la guerre, profitant de son activité de home d'enfants, Germaine avait fait installer le téléphone, de manière à être prévenue en cas de danger.

À la fin du mois d'août 1942, elle reçoit un appel du responsable de l'OSE, l'Œuvre de Secours aux Enfants, qui s'occupait de placer les enfants juifs, dont les parents étaient déportés. Il est très nerveux.

— J'ai besoin de vous envoyer des enfants. Combien pouvez-vous en accueillir ?

— Je ne sais pas, j'en ai déjà beaucoup.

— Ils sont internés dans un camp militaire, et ils sont en danger de mort.

— Dans ce cas... Je les prends tous, évidemment.

Après avoir raccroché, Germaine convoque Pierre, son bras droit. Pierre est un Allemand, qui a fui l'Allemagne nazie, et qui se cache au château. C'est un homme intègre, en qui elle a toute confiance. Ensemble, ils réfléchissent à la logistique à mettre en place pour accueillir ces nouveaux enfants. Inquiète, Germaine ne peut fermer l'œil de la nuit. Le lendemain, au petit matin, elle est dans son bureau, lorsqu'elle entend un bruit de moteur sur le perron. Le cœur battant, elle sort.

Un petit homme en soutane noire, chauve et rond, sort de la voiture. C'est l'abbé Glasberg, homme d'Église et résistant de l'ombre, comme beaucoup de ses pairs. C'est surtout son interlocuteur privilégié lorsqu'elle reçoit des enfants envoyés par l'OSE. D'habitude aimable et courtois, le prêtre la suit en silence dans son bureau.

— Vous avez sans doute entendu parler de la rafle de ces derniers jours, à Lyon et aux environs.

— Oui, c'est terrible ! Il parait que c'est Vichy qui a ordonné d'arrêter les juifs étrangers. C'est vrai ?

— Oui, hélas. Ils en voulaient dix mille. Mais ils n'ont pu en avoir « que » mille. Actuellement entassés dans le camp de Vénissieux.

—   Que vont-ils faire de ces pauvres gens ?

—   Ils vont d'abord les transférer vers le camp de Drancy, en région parisienne, et ensuite...

—   On dit qu'ils vont travailler dans des camps en Allemagne.

—   C'est ce qu'on a dit jusqu'à présent, oui. Mais cette fois, ils ont pris des familles entières. Des vieux, des enfants.

—   Quoi alors ?

—   Ils partent dans de nouveaux camps en Pologne. Germaine, je suis désolé de vous brusquer, mais je n'ai pas le temps de discuter de la situation avec vous. Heureusement, la police française, qui gère le camp, semble un peu désorientée. Grâce à l'appui de Gilbert Lesage, notre agent double, nous avons obtenu l'autorisation d'intervenir, avec l'OSE et d'autres associations. Gilbert nous a fourni des circulaires avec des critères d'exemption de déportation. Nous avons formé une commission de criblage qui nous a permis de sélectionner un maximum de personnes. Mais cela ne suffit pas et surtout, il faut aller vite. Heureusement, nous avons sur place deux médecins, et quelques assistantes sociales, tous très inventifs. Ils distribuent un peu de poison aux adultes en bonne santé.

— Vous les empoisonnez ? s'écrie Germaine horrifiée.

— Grand Dieu, non, la rassure l'abbé. On leur donne une toute petite dose, pour les rendre malades, et les évacuer. Mais Vichy semble vouloir aller vite. À croire qu'ils se doutent de quelque chose. Et il reste tellement de gens à sauver. Mais il y a pire...

— Que peut-il y avoir de pire ?

— Pour pallier l'échec de la rafle, Laval vient de proposer aux Allemands la déportation des enfants de moins de 16 ans. Il y en a cent huit dans le camp. Nous venons d'apprendre qu'ils vont tous être déportés en même temps que leurs parents.

— Mais ce n'est pas possible ! s'écrie Germaine.

— Il reste malgré tout une petite chance de les sauver. Lesage a trouvé un alinéa dans une circulaire oubliée qui stipule que les enfants seuls ne peuvent pas quitter le territoire français.

— Ce qui n'est évidemment pas le cas ici, puisqu'ils ont été arrêtés par familles entières...

— Exact. Le seul moyen de les sauver, donc, c'est de persuader leurs parents de renoncer légalement à eux, et de nous les confier. Avant leur transfert à Drancy, qu'on annonce dans les heures qui viennent.

— Vous leur demandez de les abandonner ? Vous, un homme de Dieu ? Mais vous êtes pire que les Allemands ! s'écrie Germaine, révulsée.

— Calmez-vous, je vous en prie. Je sais que ça peut vous paraitre inhumain, mais nous n'avons pas d'autres choix. S'ils acceptent de nous signer une décharge de paternité, ils sauvent leurs enfants.

— Je vois. Mais ce que vous leur demandez est terrible. Ce sont des étrangers, n'est-ce pas ? Beaucoup ne parlent pas notre langue. Ils ne doivent rien comprendre à tout cela. Vichy, vous... pauvres gens !

— Comme vous le savez, je suis né en Ukraine, dans une famille juive. Je n'ai pas oublié mes racines et je parle yiddish. Je leur explique, discrètement et rapidement, ce que nous voulons faire. Malheureusement, je dois aussi leur faire comprendre qu'ils ne partent pas vers le travail, mais vers la mort.

— La mort ?

— On sait que les nouveaux camps en Pologne sont des camps d'extermination. Alors, oui, en leur révélant cela, je leur enlève tout espoir de vivre, mais si je peux au moins sauver leurs enfants, mon choix est fait, murmure-t-il, la tête basse.

Un silence s'installe. Germaine est anéantie par ce qu'elle vient d'apprendre. Dès le début de la guerre, elle avait bien compris que les juifs étaient en danger, mais elle n'avait jamais réellement pris la mesure de ce qui se tramait en dehors du château.

— Nous avons réussi à tous les inscrire. Il faut maintenant les évacuer sans éveiller les soupçons. Cette nuit, tous les adultes restants dans le camp vont être déportés. Nous allons profiter de la confusion pour sortir les gamins. Ils passeront la nuit à l'abri, et nous les répartirons, le plus vite possible, dans des endroits sûrs. Combien pouvez-vous en prendre ?

—   Vous me posez vraiment la question ? Je prends autant d'enfants qu'il sera nécessaire. On va se serrer, partager les rations. Qu'ils viennent, l'abbé, qu'ils viennent.

Avant de remonter dans sa voiture, il prend sa main dans la sienne, presque religieusement, et se rapproche d'elle pour chuchoter les dernières recommandations :

—   Surtout, redoublez de prudence. Quand ils vont se rendre compte de ce que nous avons fait, ils vont tout tenter pour les retrouver. Ne laissez aucune trace d'eux sur vos registres.

—   Ne vous inquiétez pas. J'ai l'habitude.

—   Merci encore, Germaine. Dieu vous bénisse.

Un silence pesant est tombé sur la salle à manger. Germaine se lève avec difficultés, en s'appuyant sur sa canne. Franck s'apprête à lui venir en aide, mais elle l'arrête d'un signe de la main, et se dirige en boitant vers la cheminée pour ranimer le feu.

Il avait 16 ans en 1942. Il vivait à Lyon. Il était lycéen, et se souciait peu de cette guerre qui coupait la France en deux. Lui, il avait la chance d'être du « bon » côté. En août, il était en vacances, chez ses grands-parents, à Nice. Ses parents étaient restés. Ils travaillaient dans la soie. Avaient-ils vu les rafles ? Savaient-ils que c'étaient des familles entières que l'on menait, manu militari, dans des camps, et vers la mort ? Avaient-ils essayé de les aider ? Il l'ignorait. « Pas de politique à la maison », exigeait son père, quand il abordait la question des juifs.

En écoutant le récit de Germaine, il se sent submergé par une vague de culpabilité. Il se racle la gorge :

— Je savais que les nazis les traquaient, mais j'ignorais tout cela. Ce n'est que beaucoup plus tard que j'ai entendu toutes ces choses horribles sur les camps. Les gens comme vous n'en parlent jamais. Pourquoi ?

Germaine continue distraitement à actionner le soufflet. Puis, elle regagne sa place, sans même lui adresser un regard.

— Sûrement à cause de la honte, dit-elle d'une voix sourde.

— Quelle honte ? Moi, j'ai honte d'être passé à côté de cela, mais vous...

— Celle de ne pas avoir pu en sauver davantage. Elle me ronge jour et nuit, depuis toutes ces années. Je suis en vie, j'ai repris mes activités, mes filles ont fait de belles études. Mais eux ? Si j'avais su, si j'avais pu... j'aurais fait tellement plus.

En entendant sa voix trembler, Franck détourne pudiquement son regard. Ses yeux se posent sur une liste manuscrite dans le dossier

étalé entre lui et Germaine. Une liste, parmi tant
d'autres. Après un long silence, il la montre du
doigt, et demande :

—   Ce sont eux, les enfants de Vénissieux ?

Le silence et la nuit enveloppent le château. Pierre et Germaine sont dans le bureau. Ils attendent les enfants. Il est cinq heures du matin, quand ils perçoivent un bruit de moteur dans l'allée. D'un même geste, ils bondissent de leur fauteuil, et se plantent devant l'entrée. Une camionnette bâchée se gare sur le perron. Un homme descend. C'est Gilbert Lesage, le chef du service social des étrangers à Vichy, qu'elle a rencontré à plusieurs reprises. Aucun bruit à l'intérieur.

— Désolé d'arriver si tôt, chuchote-t-il.

— Nous vous attendions. Mais... et les enfants ?

— Ils sont là, sous la bâche, dit-il. Il a fallu les arracher à leurs parents. Pauvres gens. Fichue guerre. On va essayer de les réveiller en douceur.

— Et les parents ? Sont-ils encore au camp ?

—   Non, hélas. Ils ont été emmenés à la gare de Saint-Priest, hier soir, devant les yeux des enfants. On leur a raconté qu'ils allaient bientôt les rejoindre, alors, il n'y a pas eu trop de pleurs. Mais les parents, eux, savaient qu'ils ne les reverraient plus. Jamais je n'oublierai leurs hurlements, explique-t-il la tête basse et le dos voûté.

Germaine lui pose une main sur l'épaule en signe de soutien. Gilbert se reprend :

—   On ne doit pas trainer. Plus vite je partirai, plus vite ils seront en sécurité, et vous aussi, par la même occasion, dit-il en grimpant sur la plateforme arrière et en découvrant les enfants avec précaution.

Germaine étouffe un cri :

—   Mon Dieu... combien y en a-t-il ?

—   Treize. C'est trop pour vous ?

—   La question ne se pose pas, Gilbert. On va leur faire de la place et on va s'occuper d'eux, ne craignez rien. Ils ont quel âge ?

Il lui tend deux feuillets manuscrits.

— La plus jeune, Rachel, a 6 ans. Les autres s'échelonnent entre 8 et 17. Certains sont seuls, les autres sont frères et sœurs. On n'a pas voulu séparer les fratries. Surtout, cachez bien cette liste et enregistrez-les, non seulement sous de faux noms, mais aussi à des dates différentes. Il faut brouiller leur piste.

— Ne vous inquiétez pas, j'ai l'habitude. Ils seront à l'abri ici. Je veillerai sur eux comme sur mes propres enfants.

— Allez, aidez-moi, on les réveille.

Les trois adultes s'agenouillent auprès des petits, et leur caressent les cheveux, en chuchotant, pour ne pas les effrayer :

— Vous êtes arrivés. Tout va bien.

Une petite fille, aux cheveux d'or et aux yeux clairs, s'étire, regarde autour d'elle et ne reconnaissant rien ni personne, se met à pleurer. Gilbert la soulève dans ses bras et la tend à Germaine qui la prend dans les siens. Elle est plus émue qu'elle ne l'aurait voulue. Cette petite est à peine plus âgée que Marianne, sa dernière.

— Chut, je m'appelle Germaine. Pourquoi pleures-tu ?

— Je veux mon papa et ma maman. Ils sont où ? crie-t-elle, affolée.

— Ils vont bientôt venir te chercher, ne t'inquiète pas. En attendant, ils t'ont confiée à moi pour que tu puisses manger, jouer et aller à l'école.

Les autres se sont réveillés et descendent, en silence, de la camionnette. Ils sont apeurés et sales. Certains portent plusieurs couches de vêtements et serrent contre eux un petit balluchon.

— Bonjour les enfants. Vous êtes les bienvenus au château de Sallmard.

— C'est un château ici ? demande Rachel en essayant de regarder autour d'elle. Un château comme dans les contes de fées ? Avec un roi ?

— Presque, mademoiselle. Mais ici, il n'y a qu'une reine, et c'est moi !

Les enfants sourient et se détendent.

Pendant que Germaine et Pierre les conduisent à l'intérieur, Gilbert démarre en trombe.

La directrice allume les lumières de la grande salle à manger. Ils poussent un cri d'étonnement, en se frottant les yeux. Sur les tables les attendent des pots de lait chaud, du pain et de la confiture maison.

— Vous devez avoir faim, non ? lance Germaine, avec un sourire bienveillant.

— Ouiiiiiii, répondent-ils, soudain ragaillardis.

— C'est pour nous ? demande Rachel timidement. Au camp, on nous donnait que de la soupe. Elle n'était pas bonne.

— Ici, vous serez comme à la maison. Vous allez vite oublier tout ça. Installez-vous et régalez-vous. J'ignore si vous vous connaissez tous, mais moi, je ne sais pas qui vous êtes. Alors, je vais vous demander de vous présenter pour que je vous enregistre sur mes listings, leur explique Germaine en donnant la parole à la jeune fille brune qui est assise à sa droite.

— Moi, c'est Fanny. J'ai 17 ans, et lui, c'est Armand, mon frère. Il en a 14.

— Je m'appelle Siegfried, j'ai 10 ans et mon frère, Léon, a 9 ans.

— Myriam, 17 ans, et Marcel, mon frère, il a 7 ans.

— Moi, je m'appelle Rachel et j'ai 7 ans. Je suis toute seule.

— Comme moi, sauf que j'ai 6 ans. Maintenant, on n'est plus seules, dit boucles d'or, en transportant son bol à côté de celui de son amie.

— Je m'appelle Hélène, j'ai 11 ans et je suis seule aussi.

— Je suis Ruth, j'ai 15 ans. Je peux m'occuper de vous, ne vous inquiétez pas, dit-elle en se rapprochant des petites.

— C'est plutôt moi qui vais m'occuper de vous, les filles. Je suis Jean, et j'ai 10 ans, dit un garçonnet à la tignasse toute bouclée.

— Moi aussi, je peux. Je suis Hélène, j'ai 12 ans et mon frère Paul a 10 ans.

— Bienvenue à vous tous. Je me présente, je m'appelle Germaine et je suis la directrice de ce château.

— C'est la reine, chuchote Rachel à sa petite voisine.

— Tout à l'heure, vous ferez connaissance avec les autres résidents, et quand il fera jour, vous visiterez le château. La porte là-bas, dit-elle en montrant le fond de la salle, c'est mon bureau. Si vous avez le moindre problème ou si vous avez envie de me parler, n'hésitez pas, venez. Ici, c'est la salle à manger, mais en dehors des repas, c'est là que se déroulent les cours pour les petits.

— On va aller à l'école ? On est obligés ?

— Bien sûr. J'ai trois enfants, trois filles, Andrée et Colette, des jumelles. Elles ont 15 ans. Et Marianne, qui va avoir 4 ans. Elles vivent ici avec nous.

— On dort où ? demande Léon, en bâillant à se décrocher la mâchoire et en se grattant la tête.

— Les dortoirs sont là-haut, vous les verrez plus tard.

— On est nombreux ici ? Il n'y a que des juifs ? demande Fanny.

— Ça dépend. En ce moment, oui, on est beaucoup. Et oui, il n'y a que des enfants juifs.

Mais il y a aussi des adultes, des résistants. Bon, si vous avez suffisamment mangé, on va passer à la douche, je crois que vous en avez bien besoin.

—   Ils étaient si maigres et si sales !

—   Pourtant, ce n'était pas la première fois que vous accueilliez des juifs en fuite.

—   Pas comme ceux-là. Les autres fuyaient, oui, mais ils étaient en bonne santé. Même s'ils n'étaient restés que quelques jours dans le camp, ils étaient dans un tel état de sous-nutrition. Et ils avaient des poux. Il a fallu s'en occuper tout de suite, avant qu'ils ne contaminent les autres.

—   Vous les avez rasés ? demande Franck, inquiet.

—   Les poux, vous savez, on ne peut pas y échapper quand on vit, les uns sur les autres, dans des conditions précaires. On essayait d'abord de les éliminer avec un peigne très fin. On ne rasait que dans les cas extrêmes. Quand elles avaient des cheveux longs, les filles portaient des foulards, ça limitait la propagation.

Chaque semaine, nous avions un rituel d'épouillage. C'était comme un jeu. Les plus grands s'occupaient des plus petits, à tour de rôle.

Fanny, une solide jeune fille brune portant un foulard, et Rachel la blondinette, sont dans le cabinet de toilette. Rachel est assise, la tête en arrière, ses cheveux dans le lavabo. Fanny est debout derrière elle, un peigne à la main, essayant d'éliminer la vermine de sa tête. Mais la petite a vraiment du mal à rester immobile.

—   Si tu arrêtais de gigoter, ça irait plus vite, tu sais.

—   Je ne peux pas. Tu me tires trop les cheveux, tu me fais mal, se plaint Rachel.

—   J'essaie de faire attention, mais ce n'est pas ma faute si tu as plein de nœuds dans les cheveux. Tu devrais les couper, ce serait plus simple.

La petite se redresse d'un coup, les larmes aux yeux :

—   Non, je ne veux pas les couper, non...

—   Ça va, calme-toi. Ce n'est tout de même pas un drame de se couper les cheveux ! Surtout quand on a des poux... Tiens, encore un... hop... je l'ai eu. Pourquoi ça te met dans tous tes états ?

— Ma maman... Elle aimait bien coiffer mes cheveux, elle ne me faisait jamais mal.

— Peut-être, mais tu n'avais pas de poux. Et puis, ils auront le temps de repousser, tes cheveux, en attendant qu'elle vienne te chercher.

Rachel ne répond pas. Fanny perçoit quelques sanglots refoulés. Elle contourne le lavabo et s'agenouille devant la petite.

— Mais, c'est bien vrai, tu pleures ? Voyons, ce n'est pas si grave, cette histoire de cheveux. Tu es vraiment un bébé, toi alors, lui dit-elle en lui caressant la joue.

— Je ne pleure pas pour ça. Et je ne suis pas un bébé...

— Alors, dis-moi pourquoi tu pleures ?

— Parce que je crois que ma maman et mon papa, ils m'ont oubliée.

— T'oublier, toi ? C'est du grand n'importe quoi !

— Non, c'est vrai ! Ils avaient promis de venir me chercher. Ils l'ont écrit sur les cartes que j'ai reçues au début. Et ils ne m'ont plus rien envoyé après la poupée. Alors, je suis sûre qu'ils m'ont oubliée.

— Ça ne veut rien dire du tout. Tu en connais d'autres, ici, qui reçoivent des lettres ou des colis de leurs parents ? Tu es la seule. Tu vois que tu as de la chance ! Et puis, tu sais, ils n'ont peut-être pas de timbres, ou, si ça se trouve, les Allemands bloquent le courrier. Des fois, c'est aussi bête que ça, la rassure Fanny en essayant de paraitre convaincante.

Le visage de Rachel s'éclaire. Les enfants sont si spontanés. Ils passent des larmes au rire, sans transition.

— Tu crois ? Je n'y avais même pas pensé. Ça ne te fait rien, à toi, de ne pas avoir de nouvelles de tes parents ? demande-t-elle innocemment.

— Ça me rend triste, bien sûr, mais c'est la guerre, on n'y peut rien, répond la jeune fille en retournant derrière le lavabo pour cacher sa peine.

— Tu as fini, maintenant ? C'est bon ?

— Presque ! Tu vois quand tu ne gigotes pas, ça va tout seul. Regarde, j'en ai tué une vraie colonie, dit Fanny en lui montrant tous les points noirs dans le lavabo. Il y en a même qui bougent encore.

Rachel fait une grimace de dégoût, en réalisant que tout ce petit monde avait élu domicile sur sa tête. Fanny se moque d'elle et fait couler de l'eau pour se débarrasser des lentes.

— Allez, file, et appelle mon frère, j'ai encore du boulot, moi, lui dit-elle en lui mettant une tape amicale sur les fesses.

Armand, arrive en courant.

— Pourquoi moi ? J'ai les cheveux courts. Et j'arrive à les faire tomber tout seul. Regarde, dit Armand en se frottant les cheveux au-dessus du lavabo. Sa sœur le force à s'assoir.

— Viens là quand même. Les poux, ça peut donner des maladies. Tu as déjà entendu parler du typhus ? On ne plaisante pas avec ça. Reste tranquille, je n'en ai pas pour longtemps.

Après un silence pensif, il demande :

— Pourquoi elle pleurait, Rachou ? Tu lui as fait si mal que ça ?

— Non, je n'y suis pour rien. Elle pensait à ses parents, et elle était triste de ne plus recevoir de leurs nouvelles. C'est encore un bébé, tu sais.

— C'est vrai, je n'aurais pas aimé être séparé de papa et de maman, à son âge. J'ai beau avoir 14 ans, ils me manquent à moi aussi. Rachel, au moins, elle a eu des nouvelles, au début. Nous jamais.

Derrière le lavabo, Fanny se mord les lèvres. Elle fait ce qu'elle peut pour pallier l'amour de ses parents, mais elle sait à quel point il souffre de leur absence incompréhensible.

— Tu ne dis rien ? demande Armand en basculant sa tête pour voir le visage de sa sœur. Elle le remet en place, gentiment, mais fermement, pour continuer son travail. Au bout d'un moment, elle lui dit :

— Si je te confie un secret, tu peux le garder pour toi ?

— Ben oui, tu sais bien que je suis une tombe, dit le gamin en rigolant.

— Ne dis pas ça, je n'aime pas cette expression, ça porte malheur. Tu ne répèteras rien, promis ?

— Allez, arrête de faire ta chochotte. Oui, promis. Tu veux que je crache aussi ?

— Non, ce n'est pas utile, je te fais confiance... Tu sais, les cartes et la poupée que Rachel a reçues ?

— Oui ? répond-il soudain sérieux.

— C'est Nicolas et Germaine qui lui ont fait croire que ça venait de ses parents, pour la rassurer, mais ce n'est pas vrai.

— Et comment tu sais ça, toi ?

— Un jour, je passais devant le bureau de Germaine et je l'ai entendu parler avec Nicolas. Elle lui demandait d'arrêter « ça », et lui, il voulait continuer. Je n'ai pas compris tout de suite de quoi ils parlaient. Nicolas disait que ça aidait Rachel à compenser le manque, parce qu'elle était vraiment trop petite pour rester sans espoir. Germaine disait qu'au début elle était d'accord, mais qu'il ne fallait pas en faire de trop.

— Sans espoir ? Tu crois que ses parents sont...

— Ne dis pas de bêtises, veux-tu ? répond immédiatement Fanny, en réalisant qu'elle venait d'ouvrir une brèche dans le cœur de son petit frère. Non, ça veut dire que recevoir des lettres et des cadeaux, ça l'aidait à garder son sourire et sa joie de vivre, c'est tout.

— Oui, mais ce n'est pas bien de lui mentir. Elle a raison, Germaine. Si Rachel l'apprenait...

— C'est impossible ! Elle a 6 ans et elle ne sait même pas lire. On peut lui raconter n'importe quoi. À cet âge, on croit tout ce qu'on nous dit. En tout cas, toi, tu as plutôt intérêt à te taire, sinon, je t'étrangle de mes propres mains... Compris ?

— Oui, ne t'inquiète pas, je ne vais pas lui casser son rêve à la petite Rachou. En tout cas, je préfère ça. Je me demandais bien pourquoi, nous, nous ne recevions jamais rien. Si tout le monde est pareil, alors... moi aussi, je garde mon espoir.

— T'as intérêt mon gars. Tu es un homme, non ? Allez, file, ta tête est propre.

Franck réprime un sourire. Ainsi cette femme si intègre, avait-elle accepté de mentir pour une enfant !

— Je sais ce que vous pensez. Vous pouvez vous moquer, si vous en avez envie, mais elle était si jeune. C'était le bébé du château. Le soir, avant de s'endormir, elle réclamait le doudou qu'elle n'avait pas eu le temps de prendre quand ils ont été arrêtés. C'était un vrai crève-cœur pour moi. Marianne avait presque le même âge qu'elle. Les voir, ensemble, mais si différentes me faisait trembler de colère. Quand Nicolas a eu l'idée de la poupée, je n'ai pas pu refuser. Si vous aviez vu ses yeux, quand elle a ouvert son colis, et qu'elle a sorti sa poupée ! Et puis, il a continué avec les cartes.

Le regard fixé sur le feu, Franck n'ose pas intervenir. Aux vibrations de sa voix, il sent que sa patronne est, pour la première fois, prête à craquer. Perdue dans son passé, elle poursuit :

— Quand je l'ai vue, endormie dans ce camion, le pouce dans la bouche et ses jolies boucles blondes qui lui couvraient presque tout le visage, mon cœur a fondu. Ils avaient tous besoin de leurs mères, et je ne voulais surtout pas faire de jaloux, mais elle... je l'ai tout de suite considérée comme mon deuxième bébé. Je l'avais surnommée Boucles d'or, conclut-elle, avec un sourire attendri.

Dans la cheminée, une bûche tombe sur les braises. Le bruit sourd de la chute et la reprise du crépitement la ramènent à la réalité. Elle se redresse, lance un regard d'excuse à Franck qui était resté silencieux.

— Même si je me suis laissé convaincre au début, je n'aimais pas l'idée du mensonge. Et j'avais raison parce que, quand on a arrêté, ça l'a rendue encore plus triste. Heureusement qu'à cet âge, on passe vite de la peine à la joie.

— En fait, sous vos airs revêches, vous êtes une tendre, dit Franck en essayant d'alléger l'atmosphère.

— Comment ça « revêches » ? Attention à ce que vous dites ! répond-elle, faussement choquée. Peut-être n'étais-je qu'un être humain face à une situation inhumaine.

— Sans doute. Et cette Rachel, elle a retrouvé ses parents ?

— Hélas, non. Pas plus que les autres, d'ailleurs. En juillet 1944, elle a été placée dans une famille en Ardèche. Ça a été un véritable déchirement.

— J'ai du mal à comprendre comment on peut faire cela à des enfants. Je ne peux pas imaginer ce qu'ils devaient ressentir face à tout cela. Être entre eux, ça devait quand même les rassurer, non ?

— Vous voulez dire, entre « juifs » ? Cela va peut-être vous étonner, mais beaucoup ne savaient même pas qu'ils étaient juifs, avant d'être pourchassés.

— Vous aviez des adultes aussi ? Comment atterrissaient-ils ici ?

— Le château était en zone libre. Officiellement, j'avais toujours le statut de foyer d'accueil. Avec des adultes pour l'encadrement. Un de plus, un de moins, ça ne se voyait pas. Au début, j'ai accueilli ceux qui fuyaient la zone occupée. Ça pouvait être des mères avec leurs enfants, comme madame Rose, notre cuisinière. Son mari était prisonnier en Allemagne. Elle est restée jusqu'à la fin de la guerre. Ou des hommes. Je vous ai parlé de monsieur Pierre. Un Allemand, qui fuyait les nazis. Un producteur de films. Beaucoup de résistants aussi. À la différence des enfants, ils ne s'attardaient pas ici. Le temps de rejoindre le maquis. Comme Nicolas, justement. Le petit-fils de Tristan Bernard.

— Tristan Bernard ? Je ne connais pas, désolé.

— Vous êtes un peu trop jeune pour ça. C'était un homme de lettres, ami d'Arletty. Le roi du calembour. Malgré sa notoriété, il a été interné à Drancy, lui aussi. C'est Sacha Guitry qui a réussi à le sortir de là. Bref. Nicolas, c'était son petit-fils.

Le soir, tout le monde s'affaire à préparer les lits. On serre les matelas les uns contre les autres. On enfile des pulls et des chaussettes. Dans l'immense pièce qui sert de dortoir à l'étage, il fait un froid terrible. Depuis qu'elles se sont rencontrées, les deux Rachel sont inséparables. Elles sont si menues qu'elles partagent le même matelas pour se tenir chaud.

— J'ai très froid. Je n'arrive même plus à bouger mes doigts, se plaint la petite, au bord des larmes.

— Donne-moi tes mains, je vais te les frotter... Là, voilà... ça va mieux ?

— Un peu... mais j'ai froid quand même. Pourquoi on ne peut pas mettre plus de chauffage ?

— Parce qu'il n'y a plus de charbon, et qu'on n'a pas réussi à ramasser suffisamment de bois pour le poêle. Attends, j'ai une idée. Viens !

La grande Rachel aide la petite à se lever et soulève le matelas qu'elles transportent tout près du poêle. Elles s'asseyent et le basculent sur leurs épaules.

— Voilà, comme ça, on a notre cabane et on a plus chaud.

Aussitôt, d'autres tentes improvisées se pressent autour d'elles. Les enfants rient de bon cœur.

Nicolas vient d'entrer, emmitouflé dans son manteau, comme s'il s'apprêtait à sortir. Il sourit en voyant la forêt de matelas. Il se fraie un passage jusqu'au poêle, dans lequel il insère les quelques pauvres brindilles qu'il vient de ramener, sous les applaudissements, et les sifflets.

Le feu se ravive légèrement. Les enfants poussent un soupir de soulagement, et se resserrent davantage.

— Vous ressemblez à une armée de fantômes. Quand je suis entré, j'ai eu peur, et j'ai failli repartir en courant, dit-il en s'asseyant au milieu d'eux. Allez, faites-moi une petite place, moi aussi, j'ai froid. Ça vous dirait quelques blagues, avant de vous coucher ? Ça va vous réchauffer les méninges, au moins.

— Ouiiiiii. Lis-nous des trucs de ton grand-père, j'aime bien, moi, dit Jean.

— Des trucs ? Je ne suis pas sûr que ça lui plairait d'entendre cela, répond Nicolas en riant, mais bon, allez, d'accord.

Il tire un carnet tout corné de la poche de son manteau.

— C'est quoi, ça ? demande la petite Rachel.

— Ce sont des notes prises dans les livres de mon grand-père... Bon, voilà. Quelques phrases de papy Paul.

— Bah, il ne s'appelle pas Paul, ton grand-père... il s'appelle Tristan, rétorque Siegfried, considéré comme l'intellectuel de la troupe.

— Tu as raison. Tristan, c'est son pseudonyme. Et vous savez pourquoi il a choisi de s'appeler Tristan ?

— Pour se cacher des Allemands ? Tristan, ça fait peut-être moins juif que Paul, non ? lance innocemment la petite Rachel.

— Non, ce n'est pas ça, Rachou. Il avait pris ce nom avant la guerre. Les artistes changent souvent de nom. Il adorait jouer aux courses. Un jour, il a misé sur un cheval qui s'appelait Tristan, et ce cheval a gagné. Alors, il a décidé de s'appeler Tristan pour que ça lui porte chance.

— Ça devait être un marrant ton grand-père, pour se choisir un nom de cheval ! constate Jean.

— Pas comme le mien, en tout cas, dit Suzanne. En Pologne, il était rabbin, il passait son temps à la *Schule,* ou dans ses livres. Il ne parlait pas beaucoup. Quand on est partis, il n'a pas voulu nous suivre. On n'a jamais eu de nouvelles de lui...

Le silence se fait dans la pièce. Les enfants baissent la tête, pensifs.

— C'est quoi un rabbin ? demande la petite Rachel, brisant le silence.

Tous se tournent vers elle, et la regardent d'un air moqueur.

— Ben quoi ? Qu'est-ce que j'ai dit, encore ?

— Tu ne sais pas ce qu'est un rabbin ? Vraiment ? lui demande Fanny. Tu es juive ?

— Oui... enfin, je crois.

— Comment ça, tu crois ? Tu es idiote, ce n'est pas possible ! Soit on l'est, soit on ne l'est pas.

La petite se met à pleurer. Son amie la prend dans ses bras, pour la protéger des autres.

Nicolas intervient :

— Ne lui parle pas comme ça, voyons. Ce n'est pas gentil ! Bon, alors, ces phrases, continue-t-il pour faire baisser la tension.

Il ouvre son petit carnet en moleskine, et en feuillète les pages, à la recherche d'un bon mot qui fera consensus, cette fois.

— Ah, voilà... « Janvier, mars, mai, juillet, août, octobre, décembre, des mois élégants : ils se mettent tous sur leur trente et un », lit-il avec emphase.

Quelques rires sans conviction fusent parmi les grands. Les petits les regardent, sans comprendre. Boucles d'or demande :

— C'est drôle, ça ? Je ne vois pas pourquoi.

— Mais oui, explique Jacqueline avec le sourire, tous ces mois ont trente et un jours. C'est pour cela qu'il dit « Ils se mettent sur leur trente et un... » Et quand on est sur son trente et un, ça veut dire qu'on est élégant. Il joue sur les mots, tu vois.

— Ah oui... Hummm, dit Rachel, boudeuse. Tu ne peux pas raconter quelque chose de plus drôle ?

— D'accord... Celle-ci, alors... « Si j'étais un roi, je me méfierais des as. »

Cette fois, un peu plus d'enfants rient. La petite Rachel commence à s'énerver.

— Je ne comprends rien aux blagues de ton grand-père. On peut arrêter ?

Nicolas lui sourit gentiment et la rassure :

— Là, c'est parce que tu es trop petite et que tu ne sais pas jouer aux cartes. Dans les jeux de cartes, l'as est plus fort que le roi.

— Ah... d'accord, répond-elle les lèvres pincées. On peut faire autre chose, maintenant ?

— Une dernière, et on arrête. Tiens, celle-ci : « Être bête présente cet avantage que soi-même on ne s'en aperçoit pas. »

Cette fois, la phrase déclenche l'hilarité générale. Sauf chez Rachel qui devient rouge et se lève...

— Celle-là, j'ai compris... tu l'as dite exprès pour moi. C'est tes phrases qui sont bêtes, pas moi, crie-t-elle, rouge de colère.

Tout le monde rit de plus belle. Nicolas se lève, et la prend dans ses bras.

— Pardon ma puce. Tu n'es pas bête, bien sûr que non. Tu es trop petite pour comprendre, c'est tout. C'est moi qui suis bête, la prochaine fois, je chercherai quelque chose de plus simple. Je m'excuse.

Il la couvre de baisers, la chatouille jusqu'à ce qu'elle éclate de rire.

— Je suis pardonné, mademoiselle, ou tu vas encore bouder ? Qu'est-ce que je peux faire pour que tu ne sois plus fâchée ?

— Je n'aime pas quand on se moque de moi, et je n'aime pas les phrases de ton grand-père. Je préfère quand on chante. Pourquoi on ne chanterait pas ?

— Tu veux chanter ? Maintenant ? Mais c'est la nuit, et on va bientôt se coucher.

— Et alors ? On ne peut pas chanter un peu avant de dormir ? Quand on est dans les bois, autour du feu, c'est la nuit aussi et pourtant, on chante, non ?

— Toi, tu es une petite chipie, et tu as réponse à tout. Les enfants, vous en pensez quoi, vous ?

— Ouiiiiii. Vive Rachel ! On chante !

— Chuuut ! Faites moins de raffut, voyons ! Je ne suis pas sûr que ça plaise à Germaine, tout ça.

— Allez, on chante. Maman n'est pas si méchante ! Si elle voit qu'on est heureux, elle est heureuse aussi, s'écrie Andrée, une des jumelles de Germaine.

— Je n'ai pas dit que ta maman était méchante. Elle est juste à cheval sur les horaires, et là, c'est sûr que ce n'est plus l'heure de la chorale.

— Allez, Nicolas, on chante, et on verra bien, crient les enfants d'une même voix.

— Bon, c'est vous qui voyez ! Vous travaillez quoi, en ce moment ?

Les enfants entament en chœur la chanson de Charles Trenet, *Ya de la joie*.

Germaine est à la porte du dortoir, et les observe en silence. Personne ne l'a vue. Elle les écoute en souriant. Quelle énergie dans ces voix, quelle insouciance aussi ! Leurs vies se sont brisées avant d'arriver ici, mais eux, ils chantent la joie, la nature et les hirondelles. Elle attend la fin de la chanson pour intervenir d'une voix qu'elle essaie de rendre sévère.

— Eh bien, c'est la fête, ici ? Croyez-vous vraiment que ce soit l'heure de chanter ?

Rachel se précipite vers elle, en riant :

— On était sûrs que tu dirais cela ! C'était beau, hein ? C'est moi qui ai eu l'idée, pour faire comme dans les bois... Ne nous gronde pas, s'il te plait.

— Oui, c'était très beau, répond-elle en lui caressant les cheveux. Mais maintenant, ça suffit. Remettez tout en place, et hop, au lit ! Extinction des feux dans cinq minutes, vite, vite...

La forêt de matelas se soulève, et tout le monde regagne son coin, le sourire aux lèvres. Les deux Rachel se blottissent l'une contre l'autre.

—	C'était bien ce soir, non ? demande la grande.

—	La chanson, oui. J'adore quand on chante tous ensemble. Quand j'étais avec ma maman, on chantait tout le temps.

—	Tu as de la chance : la mienne ne chantait pas, enfin pas des chansons comme ça.

—	Elle chantait quoi, alors ?

—	Des prières seulement.

—	Dis, Rachel, tu sais, toi, ce que c'est, un rabbin ?

—	Bien sûr, quelle question ! Un rabbin c'est quelqu'un qui fait les prières à la synagogue.

—	Ah...

—	Quoi ? Ne me dis pas que tu ne sais pas, non plus, ce qu'est une synagogue ?

—	Ben non, je ne sais pas. Je ne peux pas tout savoir. J'ai 6 ans, je suis petite, je te signale.

—   Oui, peut-être... mais ce n'est pas une histoire d'âge, ça. Vous n'êtes pas religieux, alors ?

—   Ça veut dire quoi, religieux ?

—   Vous ne faisiez pas les prières, les fêtes, vous n'allumiez pas les bougies...

—   Si, on faisait des fêtes, et on mettait des bougies pour faire joli. Et on chantait tout le temps... Parfois, quand je faisais des bêtises, je priais pour que maman ne me gronde pas.

—   Ce n'est pas des prières, ça, se moque gentiment la grande Rachel. En fait, tu n'as jamais pratiqué. Et tu ne dois même pas comprendre pourquoi tu es là.

—   Quand on nous a arrêtés, ils répétaient « juifs, juifs ». J'ai demandé à maman pourquoi ils nous appelaient comme ça. Elle m'a dit : parce que nous sommes juifs. J'ai demandé depuis quand. Elle m'a dit : depuis toujours, ma puce, depuis toujours. Et après, quand on était dans le camp, elle m'a dit que ce serait mieux pour moi si je partais sans eux, et encore mieux si j'arrêtais d'être juive. Et elle a dit qu'on se retrouverait très vite. C'est tout ce que je sais. Et toi ? Tu sais, toi, pourquoi on est là ?

—   Non, pas trop. Mes parents aussi, ils m'ont dit qu'il valait mieux que je parte. Je ne sais pas pourquoi.

—   Des fois, je me dis qu'ils sont peut-être morts, murmure la petite Rachou, dans un soupir.

—   Arrête de raconter n'importe quoi. Ils vont revenir, je te dis. On a passé une bonne soirée tous ensemble et toi, tu gâches tout. Allez, on dort maintenant. Ne pense plus à tout ça... Bonne nuit ma Rachel.

Franck est fasciné par les récits de sa patronne, qu'il découvre sous un jour différent. Il la connaissait bravache, dure à l'ouvrage, mais était loin de se douter qu'elle cachait, dans son cœur, autant d'humanité.

Le feu commence à s'éteindre. Pour une fois plus rapide qu'elle, il se lève, prend une grosse bûche qu'il jette dans la cheminée, et active le soufflet pour faire repartir les braises. En retournant à sa place, il croise son regard reconnaissant.

— Vous ne deviez pas revoir le chirurgien pour votre genou ? demande-t-il en la voyant grimacer de douleur.

— Si... Mais je n'ai pas de temps à consacrer à cela.

— Permettez-moi de vous dire que vous avez tort. Sans vous, plus d'institution.

— Ne m'enterrez pas si vite, voyons. Il en faut bien plus pour m'abattre. Au fait, dit-elle en regardant sa montre, l'heure du déjeuner est largement dépassée. Vous n'avez donc pas faim ? Je vous ennuie avec mes histoires, et en plus, je vous affame. Il me reste un peu de dinde de Noël, et des marrons. Ça vous dirait de partager un morceau avec moi ?

— Avec grand plaisir. Vous ne m'ennuyez pas du tout, et je n'étais pas affamé non plus. Un peu de diète après toutes ces agapes ne fait pas de mal.

Hésitant, il se penche vers elle, et lui tend la main. Elle s'en saisit et se relève lentement en s'appuyant sur sa canne.

Pendant le déjeuner, ils échangent sur leur quotidien. La reprise des cours, les réunions à organiser, les subventions à demander, et surtout, cette cérémonie prévue pour le premier dimanche de février.

— Maintenant que j'en sais un peu plus sur votre histoire, j'aimerais beaucoup vous accompagner à Paris.

Germaine se force à conserver son air bougon.

— Si vous y tenez, je ne peux pas vous l'interdire. Pour tout dire, je n'en reviens pas encore ! Une médaille, à moi ! Je me demande bien ce qui leur est passé par la tête, à ces enfants, pour vouloir me décerner une médaille !

— Eh bien, moi, après ce que je viens d'entendre, la seule question que je me pose, c'est pourquoi ils ont attendu si longtemps pour le faire. C'est incroyable que vous n'arriviez toujours pas à réaliser la grandeur de vos actes. Vous avez protégé tous ces gens, ces enfants. Vous les avez arrachés à la mort. Arrêtez de minimiser les choses.

— C'est du passé, tout cela. C'est un peu comme quand on enterre un être cher. On a de la peine, mais on se dit qu'il a fini de souffrir, et on poursuit sa route, plus serein. On n'oublie pas, on fait avec. En les ramenant à la vie aujourd'hui, je réalise à quel point ils m'ont manqué. Surtout cette petite Rachel. Elle était mon soleil. Elle riait aussi vite qu'elle pleurait. Ça a été un véritable déchirement de la voir partir.

— Vous n'avez pas eu l'idée de l'adopter ?

— Bien sûr. Mais l'OSE, qui s'occupait des placements, s'y est opposée. Les enfants devaient couper avec cette période. Surtout elle. Je devais la laisser partir pour qu'elle soit heureuse.

— Avez-vous eu de ses nouvelles, après la guerre ?

— J'ai essayé d'en avoir auprès de sa famille d'adoption, mais ils m'ont fait comprendre que je représentais trop de danger pour sa santé mentale.

— Du danger, vous ? Vous avez, quand même, fait partie de sa vie, pendant près de trois ans.

— J'ignore ce qu'elle est devenue. Elle a... voyons... trente-trois, trente-quatre ans maintenant. J'aimerais tant la serrer, une dernière fois, dans mes bras, ajoute-t-elle, comme pour elle-même.

— Et vos filles ? Elles en pensaient quoi, de cette colonie de vacances un peu particulière ?

— En arrivant ici, mon but était de les faire vivre en communauté avec des enfants moins chanceux qu'elles. C'était primordial pour moi. Pour mon pauvre Marcel aussi, mais il est parti trop tôt. Pendant la guerre, avec tous ces réfugiés, je ne les autorisais pas à se plaindre. J'étais plus dure avec elles qu'avec les autres. Elles, au moins, elles étaient libres.

— Elles étaient adolescentes, aussi. C'est une période souvent difficile à vivre.

— Il y avait bien plus grave que les émois de l'adolescence. Quand les premiers enfants sont arrivés, je leur ai expliqué pourquoi ils étaient là, et ce qu'ils risquaient s'ils tombaient aux mains de la milice ou des Allemands. Ça les a calmées. Je suis fière de mes filles. Elles aussi méritent une médaille.

— Bon sang ne ment jamais ! s'exclame Franck avec enthousiasme.

— J'ai fait de mon mieux. C'était une chance pour elles de côtoyer tant d'enfants différents. Ils venaient de partout en Europe, de Pologne, de Belgique, de Hongrie. Chacun avec sa culture.

— Mais vous, vous êtes protestante, n'est-ce pas ? Quelle éducation religieuse donniez-vous à vos filles ?

— Aucune. Je me suis contentée de leur trans-mettre les valeurs humaines et morales qui me semblaient importantes. En revanche, j'ai tou-jours encouragé les enfants qui arrivaient chez moi à pratiquer leur religion. C'était important qu'ils gardent leurs traditions, s'ils le désiraient.

— Vous ne craigniez pas qu'on les dénonce ? Tout le monde devait savoir qu'ils étaient juifs, non ?

— Je ne sais pas. Nous n'en parlions jamais. À leur arrivée, ils avaient de faux certificats de baptême, et tous les dimanches, je les obligeais à aller à l'église. Pour faire taire les rumeurs. Ici, on leur donnait des cours de religion et on leur apprenait les prières. Au cas où.

— Et cela ne leur posait pas de problèmes ?

— Les enfants ont un instinct de survie très fort. Ils s'adaptent à tout. Surtout ceux-là. Pour eux, c'était comme un jeu. Un pied de nez qu'ils faisaient aux Allemands.

— Que faisiez-vous de leurs affaires person-nelles ? Cela pouvait être dangereux, en cas de descente de la milice, demande Franck.

— Dès qu'ils franchissaient ma porte, ils devaient changer d'identité. Je les laissais choisir leur nouveau nom. Pour qu'ils s'en souviennent. Quant à leurs affaires personnelles, ils n'avaient pas grand-chose. C'était souvent des bijoux confiés par leurs parents, des livres de prières, des objets religieux. On ne pouvait pas les garder au château. On allait enterrer tout cela dans le parc. Ils choisissaient un arbre, sur lequel ils gravaient leurs véritables initiales. C'était comme une mission secrète.

— N'empêche, gérer seule autant d'enfants, je ne sais pas comment vous avez fait. Je vous tire mon chapeau. Moi, avec les deux miens, je craque bien souvent. Et encore, ils sont dans la préadolescence. Ne me dites pas que les vôtres étaient tous obéissants et agréables, je ne vous croirais pas.

Ils rient tous les deux d'un air entendu. Germaine se lève et fait signe à Franck de la suivre avec le plateau de café, devant la cheminée.

— Non, bien sûr. Pour les petits, c'était facile. Ils avaient besoin d'affection et de sécurité, et ça, on pouvait le leur donner. Pour les grands, c'était différent. Quand ils découvraient les règles de vie, certains se rebellaient.

—   Pourtant, tous connaissaient la situation. Ils devaient savoir que vous agissiez pour leur bien.

—   À l'adolescence, on a du mal avec la discipline, quelles que soient les conditions. Ne vous inquiétez pas, mon cher Franck, vous y passerez comme tout le monde. Eux, ce qu'ils comprenaient surtout, c'était qu'ils n'avaient pas le choix. Ils se sentaient prisonniers. Tout leur paraissait injuste. Et ils avaient tellement raison. En entrant ici, on leur demandait de renoncer à tout ce qui faisait leur vie. Nouvelle identité, nouvelle tenue, nouveaux amis... Je me souviens de Jacqueline. Elle est arrivée en 1943. Elle avait 15 ans, et déjà, une sacrée personnalité. C'était une jeune fille très coquette et complètement libérée. Elle s'habillait à la mode zazou. Je ne sais pas si ça vous dit quelque chose. À l'époque, c'était surtout une marque de provocation.

Une voiture grise dépose une jeune fille, devant la porte du château. De larges lunettes noires mangent la plus grande partie de son visage, dont on ne perçoit que le rouge vermillon de la bouche. Veste à épaulettes, jupe courte et plissée, elle est perchée sur des semelles compensées en bois. Un homme, en costume sombre, sort une grosse valise du coffre, l'embrasse distraitement, et se remet au volant. Elle le regarde s'éloigner, et saisit son bagage avec difficulté, avant de pénétrer dans le château.

Dans le hall qu'elle trouve froid et sans âme, elle s'arrête pour admirer « l'escalier des ancêtres », qui la fait sourire. Guidée par les bruits de voix, elle se dirige sur sa gauche, pousse une porte, et entre dans la salle à manger. C'est l'heure du petit déjeuner. Elle regarde, ébahie, des enfants de tous âges faire la queue, sans se bousculer, devant des miches de pain, une balance et des pots de lait. Un homme traverse le réfectoire pour venir à sa rencontre. Il est jeune, souriant, plutôt mignon. Elle se redresse, bombe la poitrine, et lui adresse un sourire éclatant.

—	Tu es sans doute Jacqueline ? Bienvenue au château de Sallmard. Je suis Nicolas. Excuse-moi de n'avoir pas pu t'accueillir sur le perron, mais, comme tu peux le constater, tu arrives en plein service du petit déjeuner.

—	Je vois ça, oui. J'hallucine ou vous pesez le pain ? demande-t-elle d'un air méprisant.

—	Hélas, oui ! Chacun reçoit une ration de pain pour toute la journée. On est bien obligés de faire cela, car nous avons plus de bouches que de nourriture. Laisse ta valise contre le mur, ici, on s'en occupera tout à l'heure, et viens t'installer là, dit-il en la conduisant vers la tablée des grands. Tu vas pouvoir faire connaissance avec tes camarades. Je vais chercher ton pain et ton lait.

Remontant ses lunettes noires sur le haut de son crâne, Jacqueline regarde autour d'elle avec une moue de dégoût. Sans se soucier du regard moqueur des autres, elle sort de la poche de sa veste, un mouchoir de fine dentelle, et essuie scrupuleusement le banc, avant de s'assoir.

— Salut, lance-t-elle à la cantonade.

— Salut, lui répondent-ils, un peu sèchement.

— Qu'est-ce que vous avez à me regarder ? Vous avez un problème ? Bonjour l'accueil, dit-elle en se levant de table.

Armand, qui était assis à ses côtés, la retient par le bras.

— Rassieds-toi. Désolé. C'est ton allure... ça fait longtemps qu'on n'avait pas vu ça.

— Qu'est-ce qu'elle a mon allure ? On dirait que vous ne sortez jamais de ce trou ?

— Ça, c'est sûr, on ne sort jamais de ce trou, comme tu dis. Pour la bonne raison qu'on se cache ici. Pas toi ? Et, bien sûr, tu n'es pas Bretonne ?

— Bretonne ? Ah non, pas Bretonne du tout. Pourquoi ? Vous êtes Bretons, vous ?

Tout le monde éclate de rire. Cette jeune fille est un vrai numéro ! Jacqueline s'énerve, et menace, une fois de plus, de s'en aller. Heureusement, Nicolas, qui revient avec le pain et le lait, désamorce la situation explosive.

— Tiens, voilà ton petit déjeuner ! Alors, avez-vous fait connaissance ?

— Si se moquer des autres, c'est faire connaissance, alors oui, tout va bien, merci, répond Jacqueline en colère.

— Que lui avez-vous dit encore ? demande Nicolas en s'adressant à la tablée.

— Nous, rien, c'est elle... Elle s'est fâchée parce qu'on lui a demandé si elle était Bretonne. Ce n'est pas notre faute si elle est susceptible.

Tous rient de bon cœur. Même Nicolas ne peut s'empêcher de sourire en voyant le visage atterré de la jeune fille.

— Ne le prends pas mal, Jacqueline. C'est une blague de potaches. Bretonne, ça veut dire « juive ». Tu es en train de passer le test d'entrée. Ils font cela à tous les nouveaux. Excusez-vous, voyons, ce n'est pas très gentil.

— Désolé, moi, c'est Armand, et toi ? demande le jeune homme, en lui tendant la main.

— Jacqueline, répond-elle, en le saluant mollement.

— Bienvenue au château. Il va falloir te dénicher une tenue plus adaptée, je crois, poursuit-il en la détaillant de la tête aux pieds.

— Pourquoi ? Je suis très bien comme ça. Je ne te plais pas, peut-être ? demande-t-elle, provocante.

— Moi, je te trouve plutôt sexy avec ta jupette et tes talons, mais ça va bientôt être l'heure de la gym, et tu vas avoir du mal à courir, habillée comme cela, dit-il en riant.

— Hors de question que je fasse de la gym !

— Bienvenue à l'armée, mademoiselle Jacqueline. Après le petit déjeuner, qu'il pleuve ou qu'il vente, c'est gym obligatoire. On court, on fait des pompes, on saute. Pendant deux heures. Faut être très malade pour échapper à ça. Et encore... Germaine, la directrice, est infirmière de formation. Pas question de lui raconter des histoires.

— Mais ce n'est pas possible, je déteste ça, bredouille-t-elle, au bord des larmes.

— Alors, mauvaise pioche, réplique le jeune homme, en se moquant d'elle.

Nicolas, qui s'était absenté de nouveau, revient vers eux.

— Maintenant que la glace est rompue, je vous laisse, j'ai mes cours à préparer. Je compte sur vous pour vous occuper de votre camarade, dit-il, très pressé.

— Des cours ? Quels cours ?

— Lui, il nous enseigne le français et le théâtre, entre autres.

— Au village ?

— Non ! On te l'a dit tout à l'heure, quand on est là, on y reste ! Va falloir t'y habituer. Nous, les juifs, nous avons un énorme privilège, ce sont les professeurs qui viennent à nous. Le luxe absolu.

— Et ils viennent d'où, ces profs ?

— Du collège de Romans... Tu as encore quelque chose à redire à cela ?

— Nonnn, moi j'adore l'école. Je n'ai pas pu faire la rentrée, parce qu'on a beaucoup « voyagé », avec mes parents. Et, à part la gym et les cours, on fait quoi d'autre ?

— Un peu comme tout le monde, on joue, on lit, on fait du théâtre, du chant. Le samedi et le dimanche, on aide aux tâches. Bref, ici, c'est à la fois l'armée, et la colonie de vacances.

— On aide aux tâches... Ça veut dire quoi ?

— Jardin, ménage, lessive, cuisine, épouillage. Ça dépend des besoins.

— Pourquoi c'est à nous de le faire ? Il n'y a pas de personnel ?

— Hey, Jacqueline, tu es une princesse, ou quoi ? C'est peut-être un château ici, mais on n'est pas dans un conte de fées. Réveille-toi un peu. On est juifs, et on se cache. Tu es assez grande pour le comprendre, non ?

— Désolée, je ne suis pas habituée à tout ça. De toute façon, je ne vais pas rester ici longtemps. Dans quelques jours, je serai partie.

— J'ai dit la même chose quand je suis arrivé il y a deux ans, dit Armand, le sourire crispé. Allez, viens à la lingerie, on va te chercher une tenue adaptée...

Germaine fouille dans son dossier, et trouve une photo, qu'elle tend à Franck.

—   Je savais que j'en avais une. Ce sont ses parents qui me l'avaient donnée avant qu'elle ne débarque ici. Pour que je ne sois pas trop étonnée. Regardez !

—   Ah oui, elle est exactement comme vous venez de me la décrire. A-t-elle finalement réussi à s'intégrer ?

—   Malgré ses airs de pimbêche superficielle, c'était une jeune fille d'une intelligence remarquable. Évidemment, elle est restée un peu plus longtemps qu'elle ne le prévoyait, mais tout le monde l'appréciait.

—   Qu'est-elle devenue ?

—   À la libération, elle a profité de la confusion pour disparaitre. Elle a enfourché un vélo et elle est partie en direction du village. Elle n'en est jamais revenue.

—   Elle est...

—   Non, non, heureusement ! Mais je n'ai appris ce qui lui était arrivé que beaucoup plus tard. Elle peut se vanter de m'avoir empêchée de dormir, celle-ci ! En fait, avant d'arriver au village, elle a croisé les Allemands qui se dirigeaient vers le château. Elle a compris qu'elle ne devait pas revenir, et elle a continué sa route, terrorisée. Puis elle a appris que les Américains étaient sur leurs traces. Alors, elle s'est dit que le mieux pour elle, c'était de retourner chez ses parents. Je n'ai jamais eu de nouvelles, jusqu'à ce que je reçoive une lettre, quelques mois plus tard. Pour m'expliquer son silence. Et s'excuser.

—	Ce n'était pas très gentil de disparaitre ainsi, après tout ce que vous aviez fait pour elle.

—	Eh bien, c'est la reconnaissance des adolescents ! Et puis, chacun fait comme il le peut. Je suis certaine qu'elle a culpabilisé de s'enfuir ainsi. Mais je suppose qu'elle a fait une sorte de blocage. Vous savez, c'était vraiment une période traumatisante pour ces jeunes. Je ne lui en veux pas, c'était une bonne fille.

Un silence s'installe. Le feu crépite toujours dans la cheminée, et dehors, la lumière s'éteint peu à peu.

— Donc, si j'ai bien compris, tout le monde mettait la main à la pâte, ici ? demande Franck en se calant un peu plus dans son fauteuil.

— Vous n'êtes donc pas fatigué de mes histoires ? Il va bientôt faire nuit. Votre famille doit se demander ce que vous devenez.

— Il n'est pas si tard. Et puis, vous savez, ma femme a l'habitude. Elle sait quand je pars au travail, et elle ne sait jamais quand j'en reviens. Ça ne la fait pas toujours rire, mais aujourd'hui, mes beaux-parents sont là, alors elle a de quoi s'occuper, et moi, je suis bien content de ne pas être à la maison, répond-il en riant. Donc, ces tâches... c'est vrai que ça ressemblait à l'armée, votre colonie de vacances forcées !

— Exactement. Petits ou grands, pas de dérogations. N'allez pas me dire que c'était de l'exploitation, sinon, je vous vire immédiatement.

— Même pour la petite Rachel ? demande-t-il, sournoisement.

— Bien sûr, mais elle, elle faisait un peu ce qu'elle voulait, quand elle le voulait. Par exemple, elle aimait bien aider madame Rose, à la cuisine.

Madame Rose est assise, un couteau à la main, devant une grosse pile de pommes de terre et une bassine d'eau. Il est à peu près dix heures, lorsqu'elle voit arriver la petite Rachel, sa poupée sous le bras.

—   Coucou, ma puce, que fais-tu là ? Tu devrais être en cours, à cette heure-ci.

—   Je sais, mais j'ai plus envie... Est-ce que je peux t'aider ?

—   M'aider, ou manger ?

—   Comment tu sais ?

—   Je te connais, chipie ! C'est ton heure ! Tu veux une pomme de terre ?

—   Beurrrrk... C'est tout ce que tu as ?

—   Non, attends, je vais te donner quelque chose de mieux, dit la brave cuisinière en se levant, et en s'essuyant les mains sur son tablier à fleurs.

Elle se dirige vers le garde-manger, et coupe un gros morceau de biscuit.

—   Tiens, voilà, mais tu ne dis rien, sinon, on va se faire attraper toutes les deux. Allez, assieds-toi là pour manger. Et ne m'en mets pas partout, sinon je te colle au ménage.

—   Si tu veux, je peux t'aider aussi, dit la petite fille, la bouche pleine.

—   D'accord. Quand je finis d'éplucher une pomme de terre, je te la donne, et toi, tu la mets dans l'eau, et tu la laves. Tu vois... comme ça. Ensuite, tu la secoues... comme ça. Et tu la remets dans le plat pour que je la coupe. Tu crois que tu peux le faire ?

—   Oui, c'est facile... mais je peux la couper aussi, si tu veux. Je suis grande, moi.

—   Oh, là là, non... Je ne suis pas folle, et je ne veux surtout pas d'histoire !

—   On mange quoi, ce midi ?

—   Laisse-moi réfléchir un peu. Alors, aujourd'hui, nous avons... des pommes de terre et des cardons.

— C'est la même chose, tous les jours, s'écrie la petite, en soufflant. Tu ne sais donc rien faire d'autre ?

Rose éclate de rire.

— Bien sûr, mais je fais avec ce que j'ai, et je n'ai pas grand-chose. Il parait que c'est la guerre dehors, tu vois.

— Mais quand même, ce n'est pas très bon, les cardons. En vrai, ça n'a pas de goût. Même si tu sais très bien les cuisiner.

— Merci, c'est gentil, répond la femme en riant. Je fais ce que je peux. Et ta maman, elle cuisinait bien ?

— Oh oui ! Surtout les gâteaux. On les faisait ensemble. Elle disait que c'est plus facile d'apprendre quand on est petite.

— Et tu te souviens de ce que vous faisiez ?

— Des fois, j'essaie de me rappeler, mais je n'y arrive pas. J'essaie, encore et encore... et rien. Pourtant, on faisait des gâteaux toutes les semaines, dit Rachel, au bord des larmes.

— Ça va te revenir, ne t'en fais pas. Moi, quand j'ai la mémoire qui flanche, j'ai une méthode infaillible. Écoute-moi, ferme les yeux et pense au goût que ça avait, quand tu le mangeais.

Les mains jointes dans une prière secrète, Rachel ferme ses yeux très fort.

— Ça sentait bon, et c'était tout doux, et tout chaud. Comme de la brioche, mais avec de la crème dedans.

Tout à coup, elle se met à pleurer à chaudes larmes. Rose se lève immédiatement et la prend dans ses bras.

— Oh, ma chérie ! Je suis une idiote, moi, à te rappeler des souvenirs comme ça. Ne pleure pas, pardon. Allez, sèche tes larmes, la supplie-t-elle en l'embrassant partout sur le visage. Ça va mieux ?

— Elle me manque, ma maman... et pas que pour les gâteaux, dit la petite, en reniflant et en se frottant les yeux.

— Je sais, ma belle, je sais. Tu es très courageuse. Ta maman peut être fière de toi. Tu t'en sors très bien... Tu sais quoi ? Je suis sûre que vous n'étiez pas les seules à faire ce genre de brioche. Alors, on va lancer un appel à tout le monde, et on va organiser une journée gâteaux-souvenirs. Ça te ferait plaisir ?

—   Oh oui ! dit-elle les yeux pétillants de bonheur.

—   Bon, si ce grand chagrin est passé, c'est tant mieux. On s'y remet ? Sinon, on ne sera jamais prêtes pour ce midi, et on va se faire attraper. Allez, au boulot, on lave, on essore, on place. Hop, hop, hop !

Les uns après les autres, tous ces souvenirs qu'elle croyait enfouis au fond de son cœur remontent à la surface, comme une lame de fond. Franck, aussi ému qu'elle, ne dit rien. Pour se donner une contenance, Germaine réunit les papiers éparpillés entre eux, et remet la sangle autour de l'épais dossier.

—   Désolée, je ne pensais pas me laisser aller à ce point, dit-elle d'une voix rauque. Vous devez en avoir assez de mes petites histoires.

—   Ce matin, lorsque je vous ai demandé de me raconter votre vie, c'était par pure curiosité. C'était tellement excitant, cette affaire de médaille, d'arbre. Mais je ne m'attendais pas à... tout cela. Je ne vous apprendrai rien en vous disant que, pour tout le monde, vous êtes une femme forte, mais une femme dure, presque sans cœur. Mais ces petites histoires, comme vous dites, ce ne sont pas des histoires qu'on se raconte au coin du feu, pour passer le temps. Parce que derrière ces anecdotes, derrière ces noms, il y a des êtres humains, des enfants avec leurs joies, leurs espoirs, mais aussi avec leurs peurs et leur désespoir. Des vies brisées à jamais que vous avez dû rafistoler, avec les moyens du bord. Et je viens de comprendre ce que vous n'arrêtez pas de répéter depuis ce matin.

— Quoi donc ?

— Vous n'êtes pas une héroïne.

— Ah ! vous voyez, s'écrie Germaine, un peu étonnée tout de même.

— Vous êtes bien plus que cela. Vous êtes un être humain, avec des valeurs auxquelles vous n'avez jamais dérogé. Et vous avez fait, sans vous poser de questions, ce que votre cœur vous disait de faire.

— C'est exactement ce que je me tue à répéter. J'ai fait ce que n'importe qui d'autre aurait fait.

Franck ne répond pas, hésitant.

— Quoi ? Vous ne l'auriez pas fait, vous, si vous aviez été à ma place ?

— C'est ce que je me demande depuis ce matin. Je ne sais pas... Il y avait les Allemands, la milice, les contrôles, et les descentes. Vous ne les connaissiez pas, ces gens. Vous aviez trois enfants, plus tous ces résistants, qui transitaient par le château, et que la présence de juifs mettait davantage en danger. Non, je ne sais pas si j'aurais été capable de faire cela. Mes parents, en tout cas, ne l'ont pas fait.

— Moi, je suis certaine que oui. Évidemment, avec le recul, avec ce que l'on sait sur tout ce qui s'est passé, on peut se dire, oh, c'était dangereux. Mais sur le coup, quand on voit des petits enfants, tout crasseux, tout apeurés, cachés sous une bâche dans un camion, en pleine nuit, et qui demandent où sont leurs parents... On ne réfléchit pas. On se dit qu'ils pourraient être nos gosses, et qu'il faut les protéger, c'est tout. Vous aussi, vous l'auriez fait, Franck.

— Peut-être. Mais vous ne m'avez pas dit comment tout cela s'est terminé. Je ne partirai pas d'ici, sans avoir le fin mot de cette histoire.

Cette fois, Germaine ne se fait pas prier. L'évacuation du château reste parmi ses « meilleurs » souvenirs.

— Sans la complicité des villageois, je ne serais plus là pour vous le raconter. Quand je vous dis que je ne suis pas la seule à mériter une médaille, vous ne me croyez pas, mais c'est la stricte vérité. Lorsqu'on a appris que les Américains approchaient, on était tellement heureux. Mais aussitôt, des bruits ont couru qu'un détachement allemand était en train d'écumer la zone. Une sorte de baroud d'honneur. Pourquoi sont-ils venus au château ? Il parait qu'ils étaient à la recherche de résistants en fuite, mais...

— Vous pensez qu'on vous aurait dénoncés ? Au dernier moment ?

— Qui sait ? Une ultime vengeance, peut-être. Cela dit, nous étions sur le qui-vive. On s'entrainait tous les jours. Un peu comme des exercices d'évacuation. Pour les gosses, c'était un jeu, mais pour nous, les adultes, ça permettait de savoir si tout le monde pouvait fuir, sans risquer de se faire prendre.

En cette fin d'août 1944, le café du village ferme ses portes, sans attendre le couvre-feu.

Maurice, le patron, ajuste ses volets en bois, en scrutant la rue déjà déserte. Quelques hommes, les plus fidèles, restent à l'intérieur : Chosson, propriétaire de la ferme derrière le bois de Saint-Ange, Mottin, celui de la ferme voisine, Blache, le boulanger bedonnant, et Lucien, le facteur.

—   On s'en fait une petite dernière ? C'est ma tournée, propose Maurice en remplissant les verres. Aux Américains, et à la Libération ! Nom de Dieu, ça fait du bien !

—   Ne vous réjouissez pas trop vite, messieurs, la guerre n'est pas finie. Les routes sont pleines de boches, et je vous assure qu'ils ne plaisantent pas. Sans compter ces pourris de miliciens. Je les ai vus à l'œuvre, les salopards, prévient le facteur qui avait assisté à des arrestations musclées.

—   Ouais, je confirme, intervient Chosson. J'ai trois familles qui se planquent chez moi, depuis deux jours. Elles ont reçu des menaces. Je ne sais pas si elles ont des choses à se reprocher, mais bon, je ne peux pas refuser de les mettre à l'abri.

—   T'as raison, faut tenir, il n'y en a plus pour longtemps maintenant, le rassure Blache.

—   On dit que c'est une question d'heures. Les Américains ne sont pas loin. Nous, on ne risque pas grand-chose... à part une balle perdue, bien sûr, mais ce n'est pas pareil pour tout le monde, intervient Mottin.

—   Tu veux parler du château ? C'est sûr que, si les Allemands débarquent là-dedans, ils ne vont pas être déçus, lance Lucien.

—   Elle a beaucoup de gosses en ce moment, la Germaine ? demande Maurice.

—   Des gosses, des adultes... Une soixantaine, environ. C'est moi qui pétris leur pain, et j'ai de plus en plus de mal à fournir, répond le boulanger, inquiet.

—   Elle est quand même drôlement gonflée, cette femme. Tous ces juifs qu'elle cache depuis le début. Ça pourrait lui coûter la vie, et la nôtre, par la même occasion. On est tous complices, en quelque sorte, déclare Lucien, en vidant son verre.

—   Complices ? On dirait que tu parles d'une criminelle. Elle n'a tué personne, la Germaine, rectifie Blache, agacé par cette réflexion.

—   Oui, enfin, je me comprends, bougonne le facteur.

—   Cette femme est héroïque. On devrait tous la remercier d'avoir fait ce que nous n'avons pas fait.

—   Moi, j'ai fait ! Peut-être pas autant qu'elle, mais je n'ai jamais refusé d'héberger des gens, dit Chosson.

—   On n'a rien à se reprocher, on l'a tous aidée, la châtelaine, rétorque Maurice en resservant une tournée. Déjà, on ne les a pas dénoncés, ses juifs.

—   T'as pas honte de dire ça ? Ce sont des gosses. Ça pourrait être les nôtres. Ce n'est pas leur faute, s'ils sont juifs, s'écrie le boulanger, outré.

—   La semaine dernière, quand je leur ai apporté le courrier, intervient le facteur pour désamorcer la dispute, j'ai discuté avec monsieur Pierre, l'Allemand qui est caché là-bas. Il était inquiet. Il disait que Germaine ne tenait presque plus debout. Elle a une grosse infection au genou, et elle refuse de se faire hospitaliser. Les gosses font des exercices d'évacuation tous les jours, au cas où.

— Qu'est-ce qu'on peut faire pour l'aider ? demande Mottin.

— Déjà, il faut qu'on soit à l'écoute. Au moindre doute, on donne l'alerte. Et puis, je me disais que, si les gosses devaient évacuer en vitesse, ce serait bien de leur proposer un point de chute. On ne peut pas les laisser crever dans les bois, comme des animaux.

— Évidemment, je suis le mieux placé. De chez moi, on voit les boches venir de loin, dit Chosson. Mais, comme j'ai dit, j'ai déjà du monde, je ne peux pas pousser les murs.

— Tu peux les caser dans la grange, non ? insiste Blache.

— Dans la grange ? Avec les cochons ? Ils ne vont rien dire, les juifs, si je les mets avec les cochons ? réplique le fermier en rigolant, suivi par les autres. Après, je peux les mettre à l'étage, avec le grain, pour une nuit ou deux, ça peut le faire.

—   Je ne peux pas les coucher, mais je veux aider, moi aussi. Ils peuvent venir se laver chez moi, ou prendre de l'eau, propose Mottin.

—   Bravo les gars, ça, c'est de la solidarité ! Je savais qu'on pouvait compter sur vous, se réjouit le boulanger.

—   Par contre, ils vont manger quoi, ces mômes, s'ils doivent se sauver ? demande Maurice, en regardant les deux fermiers.

—   Ah non, faut pas abuser, répondent-ils d'une même voix.

—   C'est bon les gars, ne vous énervez pas. Je gère le pain, et pour le reste, je fais confiance à Germaine. Elle a dû prévoir le coup.

—   De toute façon, ce n'est pas à la fin de la guerre qu'on va les abandonner, les petits juifs, conclut Maurice.

— T'as pas fini de les appeler comme ça ? lui lance le boulanger, que l'alcool commence à chauffer.

— N'importe quoi. Tu veux que je dise quoi ?

— Tu dis « les enfants », ou « les gens qui sont chez Germaine », mais pas les « juifs ». À croire que tu ne les aimes pas plus que les boches.

— Oh, doucement, ne m'insulte pas ! Je n'ai rien contre les... contre ces gosses, s'écrie Maurice, rouge de colère.

— Arrêtez de vous engueuler, intervient Lucien. Nous sommes bientôt libres. Restons soudés... au moins jusqu'à ce que les Américains reprennent le contrôle de la situation.

Blache et Maurice se regardent, hargneux. Les quatre compères finissent leur verre, et se lèvent.

— Cette fois, c'est l'heure. Ça va être le couvre-feu. Soyez prudents. À demain les gars.

En refermant le volet derrière eux, Maurice marmonne pour lui-même : « Ben quoi, c'est pas une insulte « juif », que je sache ».

Le lendemain, Germaine est dans son bureau, malgré les injonctions de monsieur Pierre. Il est midi. La sonnerie du téléphone les fait sursauter. Elle se raidit, et décroche, en retenant sa respiration.

— Allo ?

— ...

— Oui, oui, merci beaucoup. Tout va bien se passer, ils savent ce qu'ils doivent faire, et de toute façon, les Américains vont vite arriver.

— ...

— Non, je reste ici, vous savez bien que je ne peux pas bouger. Mais ne vous en faites pas pour moi, ils ne me font pas peur.

— ...

— Merci encore de nous avoir prévenus.

Elle raccroche et s'adresse à Pierre.

— Donnez l'alerte. Les Allemands arrivent. Il faut partir. Vite.

Pierre sonne la cloche, installée pour cet usage devant la porte du bureau, pendant que Germaine se dirige en claudiquant vers la salle à manger. Les enfants sont au déjeuner. Au son de la cloche, le silence se fait.

—   Prenez des provisions et n'oubliez pas les manteaux ! Cette fois, il ne s'agit pas d'un entrainement. Les grands, vous savez ce que vous devez faire. Et vous, les petits, je compte sur vous, pour leur obéir. Allez, allez, je ne veux plus voir personne ici.

Myriam et Marcel sont assis côte à côte, comme tous les jours. En entendant l'annonce de Germaine, la jeune fille regarde son frère de 9 ans, soudain figé.

—   Marcel, tu as entendu ? Ce n'est pas le moment de rêvasser, on doit partir. Mets nos rations de pain dans ta serviette, fais un petit balluchon, comme on te l'a appris, et file avec les autres. Moi, je vais chercher les manteaux, et je te rejoins.

—   Pourquoi on doit prendre des manteaux ? Il fait très chaud.

—   On ne sait pas combien de temps on va rester cachés, et le soir, il peut vite faire froid, mon lapin. File, je te dis.

— On ne va pas revenir ici, alors ? On va où ? demande le garçon, au bord des larmes.

— Tu sais bien, on l'a déjà fait plein de fois. On va rester un peu dans les bois, construire des cabanes, et quand ce sera plus calme, on reviendra ici.

Il la regarde fixement, en tremblant.

— Je ne veux pas que tu partes. Je ne veux pas rester seul, la supplie-t-il avant d'éclater en sanglots.

— Mais, je ne pars pas, voyons ! Je monte chercher nos manteaux, et je te rejoins.

— Maman aussi, elle a dit qu'elle allait revenir, et elle n'est jamais revenue. Je ne veux pas que tu partes, explose le garçon.

Autour d'eux, les autres enfants retiennent leur souffle. Myriam comprend qu'elle doit enrayer la crise, sous peine de déclencher la panique générale chez les petits.

— D'accord, viens ! On monte chercher les manteaux ensemble, et on fonce. Ça te va ?

— Oui, dit Marcel, en la suivant.

Une fois dehors, il s'accroche désespérément à sa main. Il est très pâle.

—   S'ils nous rattrapent, les Allemands, ils vont nous remettre dans le camp ? demande-t-il, de plus en plus inquiet. Et tu crois qu'ils y sont toujours, dans le camp, papa et maman ?

—   Ils ne vont pas nous rattraper, parce qu'on est bien plus malins qu'eux, et qu'on connait toutes les cachettes de la forêt. Pour les parents, je ne crois pas qu'ils soient encore là-bas. Je suis sûre qu'ils sont rentrés à la maison, maintenant que la guerre est finie. Nous aussi, nous allons bientôt rentrer. On va tous se retrouver, comme avant.

Marcel reprend sa course, un peu plus lentement, comme perdu dans ses pensées.

—   Mais s'ils sont déjà rentrés à la maison, les parents, pourquoi ils ne sont pas venus nous chercher ? demande-t-il, essoufflé.

—   Je ne sais pas, poussin, répond Myriam en serrant les dents.

Ils arrivent à la lisière d'un champ de luzerne totalement à découvert.

— Tu vois la ferme des Chosson, là-haut sur la colline ? On va attendre la nuit, à l'abri, et on rejoindra les autres, explique Myriam en s'asseyant contre un arbre.

Marcel s'écroule à côté d'elle. Il a les joues toutes rouges. Il a chaud. Myriam lui tend la gourde. Il boit à grandes gorgées. Le silence s'installe pour quelques minutes.

— Je... je me souviens plus beaucoup du visage de maman. J'ai peur de ne pas la reconnaitre quand je vais la voir.

— Oh, mon bébé, bien sûr que tu vas la reconnaitre. On n'oublie jamais sa mère, voyons ! En revanche...

— Quoi ? demande-t-il, de nouveau angoissé.

Sa sœur le regarde du coin de l'œil, en retenant son sourire.

— C'est elle qui risque de ne pas te reconnaitre. Tu es devenu un homme. Elle va dire « non, ce n'est pas lui, rendez-moi mon petit garçon », mime-t-elle en riant.

Marcel se jette sur elle, les poings en avant, pour la faire taire. Le frère et la sœur se lancent dans une bagarre effrénée ponctuée de cris et de rires. Ils sont corps à corps, presque peau à peau.

Seuls au monde, la peur nichée au creux de leur ventre.

— Heureusement, tout s'est bien passé. Ils étaient à peine partis que les Allemands ont débarqué, déterminés à tout saccager. J'avais renvoyé tout le monde, et je m'étais couchée. J'avais de la fièvre. J'aurais dû être hospitalisée, mais il n'était pas question de laisser les enfants seuls. Je sais que c'était de la folie, mais j'espérais les retarder un peu.

— Votre genou douloureux, ce sont les séquelles de cette infection non soignée ?

— Oui, on peut dire cela. De si petites séquelles, à côté de tout ce que nous aurions pu subir. Bref. De ma chambre, je les entendais hurler et s'agiter. Ils renversaient tout sur leur passage, les meubles, les matelas...

— Les papiers ?

— Non, on les avait enterrés, eux aussi, dans le parc. Même si ça faisait longtemps que je n'inscrivais plus personne sur les registres.

Quand les soldats m'ont trouvée, ils ont appelé leur commandant.

—   Si vous me dites que c'était le même qu'en 40, je ne vous croirai pas !

—   Non, hélas. Celui-ci avait moins de classe. Et beaucoup moins d'humanité, répond-elle avec un léger sourire.

Son visage est fermé. Il est sale et nerveux. Il se tient, bien droit, jambes écartées, dans l'entre-bâillement de la porte. Il la toise avec de tout petits yeux, tranchants comme de l'acier. Sa cravache à la main, il lui ordonne de se lever.

Elle lui explique, d'une voix tremblante, qu'elle est malade.

L'officier pénètre dans la chambre, le visage déformé par un mauvais rictus. Il se poste à côté du lit et arrache le drap, d'un geste brusque. À la vue de la plaie purulente au genou, et de sa jambe noire et enflée, il rabat le drap, avec une moue de dégoût. Puis, il saisit un fauteuil, et s'assoit près d'elle.

— Où sont les enfants ? demande-t-il en tapotant sa paume, avec sa baguette.

— Quels enfants ? Je ne sais pas de quoi vous parlez. Il n'y a plus d'enfants ici, depuis longtemps, explique-t-elle faiblement.

D'un coup sec, il cingle le drap avec sa cravache, au niveau de la poitrine. Elle pousse un cri de douleur, et, pour la première fois de sa vie, elle panique. Que se passera-t-il s'il la frappe sur la plaie ? Combien de temps pourra-t-elle supporter le supplice ?

—   Soyez raisonnable, *Frau* Chesneau. Je vais reformuler ma question. Où sont les juifs ? hurle-t-il, le visage déformé par la colère.

Germaine se met à trembler. De fièvre. De peur aussi. Il lève de nouveau sa cravache, déterminé à la torturer jusqu'à obtenir ses aveux. Elle ferme les yeux, et retient sa respiration. Soudain, elle entend des cris et des bruits de bottes. Un soldat entre en hurlant quelque chose en allemand. Le commandant ne répond pas. Il la fixe longuement, en silence. Puis, il se lève dignement, et se dirige vers la porte. Avant de sortir, il se retourne et lui dit :

—   Vous avez de la chance, *Frau* Chesneau. Beaucoup de chance. Mais avec ou sans vous, on les prendra. Et on les tuera tous, un à un, soyez-en certaine.

Elle entend encore des hurlements, et des cavalcades suivies par le vrombissement des moteurs. Et puis, plus rien. Elle comprend qu'ils sont partis. Elle respire avec difficulté.

Elle n'en revient pas d'être toujours vivante, mais la menace du commandant résonne à ses oreilles. Les enfants ont-ils réussi à se cacher dans les bois ? Les fermiers ont-ils tenu leur promesse ?

Dans un ultime effort, elle tente de se lever. Elle saisit sa canne, se met debout sur sa jambe valide, et s'écroule sur le fauteuil laissé, près du lit, par le commandant. La douleur est si forte, qu'elle lui coupe le souffle. Elle essaie de résister, mais finit par perdre connaissance. Quelques secondes, ou quelques heures plus tard, elle perçoit, dans un état de semi-inconscience, d'autres bruits de moteurs, sur le perron, et de pas, dans l'escalier en pierre. Comprenant que c'étaient les Américains, elle sourit, soulagée.

Un soldat, lui aussi très sale, s'arrête à la porte et la voit. Il appelle son chef qui arrive en courant.

— *Miss* Chesneau ! Vous êtes en vie, Dieu soit loué, s'exclame-t-il en s'approchant d'elle.

Elle est pâle et grelottante. Il voit son genou, sa jambe. Il pose la main sur son front avec une grimace.

—   Vous n'êtes pas en forme, on dirait. Ne bougez pas, on va s'occuper de vous, dit-il en criant des ordres.

Germaine ouvre difficilement les yeux. Elle tente de bouger, mais il la retient.

—   Chut, restez tranquille, on va vous emmener à l'hôpital.

—   Les enfants, ils sont dans la forêt... et à la ferme des Chosson, arrive-t-elle à murmurer, avant de sombrer cette fois, dans un profond coma.

— On m'a dit que j'étais restée inconsciente presque une semaine. À mon réveil, la guerre était finie.

— Vous n'avez pas revu les enfants, alors ?

— Si, bien sûr. Ils voulaient me garder à l'hôpital, mais j'ai promis de ne pas bouger. J'ai même accepté de me déplacer en fauteuil roulant. Je ne pouvais pas abandonner les enfants, si près du but. Quand je suis rentrée, ils étaient tous là. Ils m'attendaient. Ils étaient heureux. Ils avaient joué un bon tour aux Allemands, le cauchemar était terminé, et ils allaient revoir leurs parents.

— Les parents sont revenus ?

— Très peu, hélas. Quand un parent arrivait, ils se serraient les uns contre les autres, espérant leur tour. Ils étaient contents pour ceux qui avaient cette chance, mais les jours suivants, ils avaient du mal à sourire. La grande majorité est partie avec l'OSE, dans des foyers d'accueil. On leur disait que c'était pour attendre le retour de leurs familles, mais ils n'étaient pas dupes.

—   Et après la guerre, qu'avez-vous fait ?

—   Après ? Ça va vous étonner, mais je me suis un peu reposée, dit-elle en riant. Cependant, le château était trop vide, trop calme, pour mes filles et moi. J'avais besoin des enfants. J'ai monté un dossier et j'ai créé cette Institution. Voilà, cette fois, vous savez tout, dit-elle en se levant. Vous avez vu l'heure ? Votre femme va me maudire.

—   Ah oui, quand même, répond Franck en consultant sa montre. Mais, quoi qu'il en soit, je ne serais pas parti sans connaitre la fin.

En février 1970, pour la première fois de sa vie, Germaine « monta » à Paris, accompagnée de sa plus jeune fille, Marianne, et de Franck.

À la gare de Lyon, un homme en noir les attendait avec une pancarte, pour les conduire à l'ambassade d'Israël où se déroulait la cérémonie de remise des médailles.

Dans la salle pleine, elle chercha des visages familiers, mais ne reconnut personne d'autre que ce cher Nicolas, qu'elle n'avait jamais perdu de vue. De dépit, son visage se ferma. Elle eut envie de repartir chez elle. C'était pour les revoir qu'elle avait accepté de se déplacer, pas pour entendre les discours des officiels.

On la plaça au premier rang, à côté des autres *Justes*. Germaine sourit intérieurement en pensant « je savais bien que je n'étais pas la seule à faire cela ».

Le retour au château fut silencieux. Franck et Marianne essayèrent de détendre l'atmosphère en soupesant la lourde médaille en argent gravée au nom de Germaine Chesneau, mais eux non plus ne comprenaient pas l'absence des principaux intéressés.

— C'est super que Nicolas ait pu se libérer ! Et il sera au château à la fin du mois, pour l'arbre, dit Marianne.

— Qu'ils fassent ce qu'ils veulent dans le parc ! Qu'ils plantent une forêt, s'ils en ont envie ! Je ne veux plus rien savoir. Ils m'agacent à la fin, avec leurs cérémonies, s'exclama Germaine de mauvaise humeur.

— Vous ne réalisez toujours pas que vous êtes une héroïne, dit Franck.

— Et vous, vous auriez dû rester chez vous. Franchement, ça ne valait pas le déplacement, siffla-t-elle d'un ton sec.

— Je suis très fier d'avoir été là. Ils étaient bons, ces petits fours, n'est-ce pas Marianne ? dit-il en lui faisant un clin d'œil.

Et la vie reprit son cours. Plus personne ne parla de la cérémonie de l'arbre.

Lorsque la lettre officielle de l'ambassade arriva, Germaine se contenta de tendre l'enveloppe à sa fille, sans l'ouvrir.

— Maman, arrête de faire ta tête de pioche, voyons ! Tu ne veux pas connaitre l'organisation de la cérémonie ?

— Tu n'as qu'à t'en occuper, toi-même. J'ai assez de travail à faire avec les enfants.

Marianne ouvrit le courrier, et sourit.

La lettre détaillait, en effet, les étapes de la cérémonie, et annonçait surtout une excellente nouvelle. Ils allaient tous venir au château. Tous les enfants, accompagnés de leurs familles.

L'ambassade s'était occupée du transfert, de la réception, et de l'hébergement.

Elle décida de ne rien dire à sa mère, mais elle se réjouissait de cette surprise qui allait enfin balayer la déception qui l'assombrissait, depuis la cérémonie à Paris.

Le dimanche 22 février 1970, devant la grande porte du château, Germaine attend, le visage fermé, entourée de ses trois filles et de leurs enfants. Franck arrive, lui aussi accompagné de sa petite famille. Suivi de près par le maire de Romans, et ses conseillers.

Une voiture noire, arborant le drapeau israélien d'un côté, et français de l'autre, s'arrête devant elle. L'ambassadeur, en personne, descend, et lui serre chaleureusement la main.

— Bonjour, chère Germaine, je suis heureux de vous revoir. On m'a dit que vous aviez des difficultés à marcher, alors je suis venu vous chercher.

Puis, se tournant vers les personnes présentes :

— Vous pouvez y aller, nous vous retrouverons dans le parc, dit-il en aidant Germaine à s'assoir.

Avant de donner l'ordre de départ au chauffeur, il se tourne vers elle :

—   J'ai entendu dire que vous aviez été déçue de votre passage à Paris. J'en suis vraiment désolé, et je vous présente mes excuses, au nom de l'État d'Israël. Soyez certaine que notre intention était de vous honorer, non de vous contrarier.

—   On vous dit beaucoup trop de choses, je crois, répond-elle, le visage toujours fermé. Ce n'est pas votre faute, tout était très bien organisé. Mais ce que je voulais, c'était les revoir. Tous mes enfants.

—   Je vous comprends. Encore une fois, pardon de vous avoir blessée. Donnez-nous une chance de nous rattraper aujourd'hui, et s'il vous plait, accordez-moi un petit sourire, dit-il avant de faire signe au chauffeur.

La voiture descend la rampe, et s'engage lentement dans la grande allée du parc. Lorsqu'elle aperçoit la foule compacte et joyeuse qui l'attend, Germaine tourne la tête vers l'ambassadeur, qui lui adresse un clin d'œil complice. Le chauffeur descend, et l'aide à sortir de la voiture, dans un silence abyssal.

Intriguée, elle lève la tête, regarde autour d'elle, et comprend enfin. Une main sur la bouche, elle réprime un cri. Aussitôt, une vague d'applaudissements, d'abord scandés, puis de plus en plus vifs, déferle sur elle. L'ambassadeur lui prend le bras, la conduit sur l'estrade, construite pour la cérémonie, et la fait assoir.

Le silence, de nouveau. Soudain, de la foule figée, émane ce chant qu'elle n'avait entendu qu'à Paris, l'*Hatikvah*, l'hymne israélien. Sans un sourire, les yeux noyés de larmes, les trois cents personnes présentes s'unissent d'une seule et même voix, pour chanter l'espérance, et remercier, du plus profond de leurs cœurs, celle qui les a arrachés à la mort.

Ce sont eux. Ses enfants de la guerre. Comme une lionne avec ses petits, elle les sent. Et pour la première fois de sa vie, elle éclate en sanglots, soutenue par de nouveaux applaudissements, et des cris de joie.

Puis, par petits groupes, famille après famille, ils montent sur l'estrade, et s'agenouillent devant elle, en lui baisant la main. Gênée, elle fait un geste pour se lever, mais l'ambassadeur qui se tenait à ses côtés la force à rester assise.

—   Je suis Jean. Je vous présente ma femme et nos deux fils.

—   Je suis Jacqueline. Oui, je sais, j'ai changé. Voici mon mari et ma fille.

—   Je suis Fanny, j'ai trois enfants.

Germaine est assommée de bonheur. Tant de vies, tant de sourires. Une fois les présentations faites, l'ambassadeur reprend la parole pour annoncer la plantation de l'arbre, dans cette allée, désormais baptisée l'allée des *Justes*.

« Pour que tous ceux qui passent par ici, maintenant, et dans le futur, sachent que, vous, Germaine Chesneau, vous vous êtes opposée toute seule, à la barbarie nazie, et avez sauvé tous ces enfants d'une mort atroce, sans vous soucier du danger que vous courriez ».

Au bout de l'allée, Germaine perçoit un mouvement de foule. Le silence se fait de nouveau. Une jeune femme blonde aux cheveux courts, marche vers l'estrade au milieu d'une haie humaine. Comme les autres avant elle, elle s'approche de Germaine et s'agenouille.

— Rachel ? C'est toi, ma puce ? demande-t-elle d'une petite voix rauque avant d'éclater, de nouveau, en sanglots.

La femme se lève et s'approche d'elle. Avec une douceur infinie, elle essuie ses larmes, l'embrasse et lui chuchote « oui, c'est bien moi ». Puis, essuyant les siennes, elle se dirige vers le micro, chausse ses lunettes de vue, prend une profonde inspiration, et se met à lire un texte qu'elle sort de la poche de son manteau.

Je m'appelle Rachel. Je suis arrivée dans ce château en 1942. J'avais 6 ans. Je crois que j'étais la plus jeune d'entre vous. À la fin de la guerre, on m'a placée dans une famille, qui est devenue ma famille. On oublie vite à cet âge. On oublie même ses origines. Ma famille adoptive a tout fait pour que je connaisse mon passé. J'ai consulté de nombreux spécialistes, mais il y avait comme un trou noir dans ma tête. Je ne me souvenais de rien ni de personne. Tout avait disparu : mes vrais parents, le camp, vous tous ici, même vous, Germaine. Amnésie post-traumatique. Ma vie s'obstinait à commencer dans le cocon de ma famille française. Je ne voulais plus être juive, parce qu'être juive, c'était, inconsciemment, risquer d'être séparée de ceux que j'aimais.

Après mes études d'avocate, je suis partie en vacances dans un kibboutz, en Israël. Comme beaucoup de jeunes attirés par ce mode de vie communautaire. C'est là que j'ai rencontré mon futur mari. Et j'ai décidé de rester avec lui. Parce que dans ce pays, où presque tout le monde a un passé difficile à assumer, j'ai tout de suite compris que je n'avais plus besoin de racines pour grandir.

Il y a un peu plus d'un an, j'ai reçu un paquet. Le dossier des *Justes*. Des noms, des lieux, des photos de gens que je ne connaissais pas.

Je n'avais pas envie de me plonger dans la lecture de ces témoignages qui ne me disaient rien. Je l'ai abandonné sur la table de mon salon, et je suis partie travailler.

Intrigué, mon mari s'est mis à lire. Le soir, lorsque je suis rentrée, il n'avait pas bougé de place. Le dossier ouvert sur ses genoux, il m'a demandé si j'étais réellement concernée par cette histoire, et pourquoi je ne lui en avais jamais parlé. La seule chose que je lui avais révélée, c'était que j'avais perdu mes parents pendant la guerre, et que j'avais été adoptée. Je n'avais rien caché, puisque le reste n'existait pas.

Il a laissé l'enveloppe sur la table, sans rien dire. J'ai tourné autour, pendant plusieurs jours, en évitant de l'approcher de trop près, de peur qu'elle ne m'avale.

Et puis, je me suis assise, j'ai pris une grande inspiration, et je me suis noyée dans tous vos récits. Page après page, mon passé s'est reconstitué, à la façon d'un puzzle. La porte de mes souvenirs s'est ouverte à travers vos mots. Des images m'ont aveuglée, comme des flashes.

J'ai entendu nos rires et j'ai ressenti nos peurs.

Les cases de ma mémoire se sont remplies d'odeurs, de goûts, de sensations.

Cette femme, que nous sommes venus honorer aujourd'hui, m'est apparue alors, avec toute sa force, toute son autorité naturelle, mais aussi avec toute sa tendresse. Et presque instantanément, le visage de ma mère s'est superposé au sien. Un visage confiant, quand, les mains pleines de farine, elle me faisait danser, en riant et en chantant. Et du plus profond de mes entrailles, j'ai retrouvé la douceur de ses baisers, de ses caresses.

Je ne savais pas qu'elle me manquait tant.

Et puis, j'ai lu votre récit, Nicolas... Ma poupée, celle que je croyais tenir de ma famille, et que j'ai toujours gardée. J'ai pris votre mensonge en pleine face, avec plus de vingt ans de retard. Dieu m'est témoin que je n'avais jamais autant pleuré de ma vie...

Rassurez-vous, je ne vous en veux pas. Au contraire, je suis venue vous remercier. Je n'avais que 6 ans. Je ne comprenais pas ce que je faisais ici, seule. Je ne comprenais pas pourquoi mes parents m'avaient abandonnée, pourquoi je devais me cacher, ni quel mal j'avais fait pour être punie de la sorte. Et vous, vous m'avez protégée par votre mensonge.

Germaine, si j'ai tenu à prendre la parole aujourd'hui, c'est surtout pour vous expliquer la raison de ma disparition. Vous avez dû penser que j'étais une ingrate, mais, vous le savez maintenant, je vous avais tout simplement rayée de ma mémoire. Je vous demande pardon de ce long silence.

Nous étions des juifs, des étrangers, des parias. Mais pour vous, nous n'étions que des enfants en danger. Vous nous avez recueillis sans chercher à comprendre qui nous étions, et d'où nous venions, sans évaluer les risques que vous preniez, pour vous et pour vos filles.

On nous a volé notre enfance, on a tué nos parents. On a voulu nous exterminer. Mais vous, Germaine Chesneau, vous vous êtes dressée sur leur route. Vous les avez bravés, vous les avez nargués, et vous nous avez sauvés.

Nous, les enfants juifs du château, nous sommes venus vous dire merci.

Cet arbre, que nous allons planter dans cette allée, représente nos racines, la sève de nos vies.

Qu'il rappelle à tous ceux qui passeront par ici, ce que vous avez fait pour nous, et que si peu de gens ont osé faire.

Merci Germaine. Et soyez sûre que, où que nous soyons, où que vous soyez, nous serons toujours là pour vous.

FIN

Du même auteur

Octobre rose, un cancer et après ? Nouvelle autobiographique, BOD 2020
Jdis ça, jdis rien, 55 jours au temps d'un virus, Chroniques, BOD 2020
Au fait, il faut que je vous dise, Prix du roman gay, récit autobiographique 2022, BOD 2022
J'ai voulu voir Vierzon, et j'ai vu Vierzon, roman, BOD 2023
Deux papas, un couffin ... et moi, roman, BOD 2024
Chemins de traverse, roman, BOD 2025

Livres collectifs

Hommage au Petit Prince, 2023
Le livre de nos mères, 2024
Edition Rencontres des auteurs et des lecteurs francophones.

Octobre rose, un cancer, et après ?

Lorsque le cancer s'est invité dans mon corps et dans ma vie, la terre s'est ouverte sous mes pieds.

Aucune parole, aucun geste ne peuvent calmer la violence de cette annonce.

J'ai crié ce texte pour conjurer la peur et la solitude face à la maladie. Je l'ai écrit pour mettre des mots à la place des maux, et je l'ai publié pour tous ceux qui subissent le même sort sans pouvoir en parler.

On ne peut jamais oublier le cancer, on doit vivre avec, et surtout on doit vivre différemment.

Publié chez BOD en 2020.
Disponible sur toutes les plateformes numériques, sur commande chez votre libraire, ou directement sur demande : cado3@wanadoo.fr

Jdis ça, Jdis rien

Printemps 2020. Il était une fois un virus qui s'est abattu sur la planète et l'a figée.

55 jours inédits d'une histoire personnelle qui croise le chemin de l'Histoire.

55 billets d'humeur et d'humour pour vaincre la peur, la solitude et l'ennui.

55 chroniques partagées quotidiennement sur un blog.

Parce que la mémoire est volatile et parce tout ce que nous avons vécu est inédit. Il fallait en garder une trace, pour ne jamais oublier que nous avons été les acteurs d'un scénario digne d'un film de science-fiction. Et surtout, parce qu'il faut savoir rire de tout.

Publié chez BOD en 2020.
Disponible sur toutes les plateformes numériques, sur commande chez votre libraire, ou directement sur demande : cado3@wanadoo.fr

J'ai voulu voir Vierzon (et j'ai vu Vierzon)

Saint-Malo, 1978

Jeanne et Thierry se retrouvent chaque été. Ils s'aiment mais ce sont des enfants, et à cet âge, l'amour ne passe que par les yeux. L'année prochaine, pour nos dix-huit ans, nous le ferons, promet Jeanne.

La Ciotat-Vierzon, 2018

Ils ne se sont jamais revus. La vie les a séparés et abimés, mais à l'aube de la soixantaine, Jeanne décide de se donner une nouvelle chance. Pourra-t-elle transformer son fantasme en réalité ?

Et vous ? N'avez-vous jamais eu envie de revivre votre premier amour ?

Publié chez BOD en 2023.
Disponible sur toutes les plateformes numériques, sur commande chez votre libraire, ou directement sur demande : cado3@wanadoo.fr

Au fait, il faut que je vous dise

Une mère. Un fils.

La mère apprend que son fils de vingt-cinq ans est homosexuel. Elle n'avait rien vu venir.

Deux générations, deux points de vue.

C'est surtout un roman sur la tolérance et l'amour. Pour que le petit bébé, qui nait à la fin, connaisse son histoire, et le combat que ses papas ont mené pour lui. Et pour qu'il sache par quel amour il a été entouré.

Ce livre a obtenu le Prix du Roman Gay, catégorie autobiographie en 2022.

Publié chez BOD en 2022.
Disponible sur toutes les plateformes numériques, sur commande chez votre libraire, ou directement sur demande : cado3@wanadoo.fr

Deux papas, un couffin ... et moi

« Pour la majorité des femmes, être grand-mère c'est la consécration de toute une vie. C'est un peu comme recevoir l'Oscar de la meilleure actrice dans un second rôle féminin.

À chaque nouveau bébé, elles paradent et font la roue sous les projecteurs tandis que, éternelle doublure, je reste la tatie qu'on laisse pouponner par charité... »

Ça, c'était avant. Avant que Diego ne vienne piétiner mes certitudes. Et kidnapper mon cœur, faisant de moi la plus gâteuse de toutes les grands-mères.

Publié chez BOD en 2024
Disponible sur toutes les plateformes numériques, sur commande chez votre libraire, ou directement sur demande : cado3@wanadoo.fr

Chemins de Traverse

Deux amies d'enfance, Laure et Isabelle, se séparent à l'âge de dix-huit ans.

À l'occasion des 50 ans de Laure, leurs enfants, Élodie et Paul, décident de les réunir de nouveau.

Une rencontre qui va réveiller le passé et obliger Isabelle à déterrer un secret qu'elle croyait enfoui à jamais.

Peut-on vraiment échapper à son destin ?

Publié chez BOD en 2024
Disponible sur toutes les plateformes numériques, sur commande chez votre libraire, ou directement sur demande : cado3@wanadoo.fr

Couverture réalisée par
Nathalie Flichy Arts Graphiques